KB125188

한시의 멋과 풍류를 찾아서

韓·中·日 漢詩 100選

이상익 · 이병한 · 이영구 편저

예문당

한 중 일
한시 100선

한 중 일
한시 100선

머리말

머리말

이 책은 한국의 한시 35편, 중국의 한시 35편, 일본의 한시 30편, 모두 100편의 한시를 선별하여 감상한 것이다.

현대를 사이버 시대라고 한다. 일상 생활에 침투한 컴퓨터, 인터넷, 핸드폰 등으로 의견을 나누거나 정보를 나누는 시대에 우리는 살고 있다. 그러나 책을 통하지 않고서는 특히 문학서적을 통하지 않고서는 우리 내면 세계의 정화, 상상력의 증진, 감성의 연마를 기하기 어렵다. 많은 문명의 기기들은 우리를 그 틀 속에 끌고 가기 때문에 인간의 발전 가능성을 저지하고 정서를 고갈시키는 허점이 있다.

문학 중의 문학인 시, 시중에서도 원천인 동양의 한시를 연구하고 감상하는 것은 이러한 현대 문명의 폐를 없이 하고 다시 차원 높게 개개인 존재 의식을 회복하게 해 주리라 믿는다. 서정시만이 드러낼 수 있는 내면 세계의 정화를 위해 특히 현대 시인들은 연구하고 노력해야 한다. 외롭고 쓸쓸하여 마침내 삶의 의미를 상실한 현대인에게 오아시스와 같은 역할을 해주는 것이 시 예술이다. 우리들은 시인들이 시의 맛, 시의 미를 되찾아 주기를 바란다.

한국, 중국, 일본의 한시가 어떻게 발전해 왔는지 우선 살펴보
도록 하겠다.

우리나라에서 한시가 처음 쓰여진 것은 삼국시대로서 고구려
을지문덕의 고시 '여수장우중문시(與隋將于仲文詩)'나 신라 선
덕여왕의 '치당태평송(致唐太平頌)' 등이 그것이다. 그러나 문학
적 가치를 지닌 본격적인 한시는 신라 말 최치원의 작품에서 비
롯된다.

이후 한시가 크게 융성하기 시작한 것은 고려 광종 조에 과거
제도를 도입, 인재를 선발하고서 부터다. 고려전기시대에 뛰어
난 시인으로는 최승우, 최승로, 최충, 곽여, 정지상 등이 있다.

고려 후기로 오면 죽림고회의 문학이 유명한데 오세재, 임춘,
이인로 등과 문학적 재능이 인정되어 입신출세한 이규보를 들
수 있고 진화, 최자 등도 알려진 인물이다.

조선 전기로 들어와서 한시 문학은 크게 발전되었다. 세종 조
에 뿌려진 문화의 씨앗이 세조의 각고와 성종의 면려로 시문학
은 각양의 빛깔로 꽃이 피었는데 한문과 당시(唐詩)는 복고의
문풍과 함께 선조 때를 전후해 찬연한 목릉성세(穆陵盛世)를 맞
게 되었다. 정도전, 권근, 변계량, 정이오, 유방선, 원천석, 길재
등을 들 수 있다.

조선후기, 16세기 후반의 조선은 개국이래 다져온 예교(禮敎)
와 성리학이 200여 년의 치세를 맞아 사대부 사회의 제도와 문
화가 전성을 누렸으나 안으로는 심각한 한계점을 드러내고 있
었다. 이에 표면적 안정보다 의식의 내면, 삶의 본질을 개선하고
자 하는 시인, 문사들은 문학에 대한 새로운 인식을 갖게 된다.

무엇보다도 유가적 규범의 틀을 벗어나 경험론적 인성의 추구였다. 송대(宋代)의 사변적이고 주리적(主理的)인 시풍보다는 참신하고 창조적이며 인정세태를 주정적(主情的)으로 다스리는 당시(唐詩)에로의 복귀운동이 그것이다. 그 대표적 시인으로는 백광훈, 최경창, 이달이니 통칭 3당시인이라 불린다. 그들은 사장파나 사림파처럼 권위와 규범의 틀에 얽매이지 않았고, 삶의 현장에서 체득한 진솔한 경험, 인간적 정감의 세계를 노래함으로 문학의 본질을 개혁했으며, 관인이기보다는 문인이기를 자처했던 우리 문학사상 최초의 전문시인들이었다.

조선 후기 영·정대 규장각을 설치해 고문부흥운동을 펴는 등 한문학 부흥에 힘써 학자 문인이 양산되었다. 그러나 물밀듯한 신사조를 주자학의 전통과 인습으로는 이미 감당할 수 없어, 정통 한문학은 이제 문학의 제세(濟世) 및 자주론(自主論)과 함께 '朝鮮詩·朝鮮風'과 같은 자주성, 민족문학으로서의 기반을 다져가게 된다. 위항문학(委巷文學) 특히 역관사가(譯官四家)의 활약 및 악부(樂府), 연희시(演戲詩) 판소리 등 평민문학의 출현을 보게 되었다.

한편 실학사상에 힘입은 지행합일(知行合一)의 양명학은 정제두, 이건창 등이 강화학파를 이루고 항일 문학의 선구적 역할을 담당했으며 문장보국을 실천한 강위, 김택영, 황현 등 한말사가(韓末四家)의 항일노래와 망국의 한으로 한국 한시문학은 그 대미를 맺는다. (끝)

중국 시가문학의 역사는 수천 년에 달하고 이름난 시인의 수가 하늘의 별만큼 많으며, 지금까지 생산되고 전해져 내려오는 작품의 수 또한 해변의 모래알만큼이나 많다.

청나라 강희(康熙)황제 때 칙맹으로 엮어진 '전당시(全唐詩)'에는 2,200여 명의 시인의 작품 48,900여 수가 수록되어 있는 데 이는 당 이전 서주(西周)에서부터 시작하여 남북조(南北朝)에 이르기까지 약 1,700년 동안 생산되었던 시편의 총수에 비하여 3배 이상에 달하는 수량이다. 그리고 당 이후 송·원·명·청의 여러 조대에 걸쳐 활동한 시인의 수는 갈수록 많아졌으며 시를 짓고 감상하는 일은 일반 사대부 문인들에게는 그야말로 생활의 일부이기도 하였으므로 그 기간 생산된 작품의 수는 헤아리기 어려울 만큼 많은 것임은 쉽게 짐작이 되는 일이다.

한시(漢詩)의 종주국은 중국이다. 그러나 같은 한자문화권에 속하는 우리나라나 일본의 지식인들도 한시를 짓고 감상하였으며 오늘날까지도 자국의 문화유산으로 이를 계승해 오고 있다.

이 책에 수록된 한·중·일 3국의 한시 1백 수 가운데 중국 한시는 35수다. 중국의 그 많은 시인과 시편 가운데 겨우 35수를 가려 뽑는 일은 공자가 주(周) 왕실에 전해지던 3,000여 수의 시편 가운데 3백여 수를 골라 '시경(詩經)'을 엮었던 것보다 실상 더 어려운 작업이다. 그리고 그 35수가 바로 중국시사(中國詩史)를 대표하는 것이라고 말할 수도 없다. 선(選) 자의 취향이 자의적으로 작용하였을 것임을 감안하여 읽는 이들이 이를 호의적으로 받아들여 주고, 한·중·일 3국의 한시를 새로운 감각으로 대비하면서 즐겨 준다면 선(選) 자로서는 더 바랄 것이 없겠다. (漢)

일본 한시 30수 가운데 10세기 이전의 것 5수, 19세기말

이후의 근대의 것 5수를 제외하고 나머지 20수는 15세기 이후 19세기에 이르는 근세의 것을 작자의 연대 순위로 수록하였다. 그리고 각 주제에 관한 서로 다른 서정과 감동과 언어 표현을 소개하기 위하여 다양한 제재의 시를 선정하였다.

일본 한시도 지을 때 형식 방법 전개 등은 중국 한시를 모범으로 하고 있으나 일본인 특유의 정감을 표현하였으며 간혹 일본식 한문을 사용하는 경우가 있고 특히 근세에는 광시 (狂詩)라는 해학적 한시 형식이 있어 광시도 2수 소개하였다.

또한 일본은 한시를 낭독하는 방법이 한국, 중국과 다르기에 일본식으로 읽는 법을 일어로 표시하여 두었다. 비록 문어 (文語)적 낭독 방법이기는 하나 구어적 방법보다는 리듬이 있고 박력이 있어 현대인도 즐겨 이 낭독 방법으로 한시를 읽는다는 것을 부언한다.(九)

수록된 한시 100편을 뽑는 일은 어려운 일이었다. 작품마다 원시, 낱말, 감상, 보충, 작자의 순으로 연구하면서 현대인 일상의 정서 생활과 연결시키도록 노력했다. 일세를 풍미하던 시인의 시가 빠진 것도 있다. 이는 시대상의 반영, 신분상의 문제, 지방색 등을 무시하고 문학의 순수성, 문학의 보편성을 중시했기 때문이다. 현대시와의 접맥, 작시할 때 참고가 될 것을 우선으로 하여 선정하였다. 그렇게 볼 때 한시 중의 절편은 唐詩이고 그 영향이 한국과 일본에 상당히 미쳤음을 재인식하지 않을 수 없었다.

2003년 8월 이상익 · 이병한 · 이영구

차 례

차 례

11

한국 漢詩편

문학박사 이상익

비 오는 가을밤

최 치 원

가을 바람 스산하게 불어오는데,
세상에는 날 아는 이 없고.

창밖에는 깊은 밤 비 오는 소리,
등잔을 마주 한 마음은 만리 밖 고향생각.

秋夜雨中

崔致遠

秋風惟苦吟	추풍유고음
世路少知音	세로소지음
窓外三更雨	창외삼경우
燈前萬里心	등전만리심

知音 : ① 음악의 곡조를 잘 앎.
② 백아(伯牙)가 거문고를 잘 타고 그의 벗 종자기(鍾子
期)가 즐겨 들었다고 함. 종자기가 죽은 후 백아가
거문고 줄을 끊었다는 고사(故事)에서 나온 말로 마
음이 통하는 친한 벗을 뜻함.
三更 : 밤 11시부터 새벽 1시까지의 동안

감 상

　　한문학(漢文學)의 비조(鼻祖)라 일컬어지는 최치원은 12
살에 당나라에 유학했다. 이역만리에서 가을을 맞는 쓸쓸함,
비 오는 밤을 홀로 지새워야 하는 외로움, 고향의 부모를
그리워하는 마음, 그는 어린 나이에 이 모두를 극복해내야만
했다.
　　가을이면 계절병처럼 찾아오는 고독이 있다. 더구나 어린
나이에 친한 사람도 없는 외국에서의 생활이 비 오는 밤이면
더욱 견디기 어려웠을 것이다.
　　主題 : 思鄕
　　題材 : 비 오는 가을밤

최치원의 또 다른 시 한 편을 감상해 보자.

산에 들어가면서

중아, 너 청산 좋다 말하지 말라.
산이 좋다면 무엇 하러 다시 나왔나.
나중에 나 어찌하는지 두고 보거라.
들어가면 다시는 나오지 않으리.

入山

僧乎莫道靑山好	승호막도청산호
山好何事更出山	산호하사갱출산
試看他日吾踪跡	시간타일오종적
一入靑山更不還	일입청산갱불환

작자

崔致遠(875~?) : 신라 말기의 문인. 호는 고운(孤雲). 우리 한문학의 비조. 당(唐)나라에 가서 문명을 떨치고 신라에 돌아와 여러 벼슬에도 올랐다. 그러나 난세(亂世)를 비관하며 유랑하다가 가야산에 들어가 여생을 마쳤다고 한다. 저서로는 '계원 필경(桂苑筆耕)'.

한송정에서

장연우

달 밝은 한송정의 밤이여!
물결 잔잔한 경포대의 가을이어라.

애달피 울며 오가는 이
오직, 너 갈매기만이 미더웁구나.

寒松亭曲

張延祐

月白寒松夜	월백한송야
波安鏡浦秋	파안경포추
哀鳴來又去	애명래우거
有信一沙鷗	유신일사구

寒松 : 강릉에 있는 한송사(寒松寺)
鏡浦 : 강릉에 있는 경포대(鏡浦臺). 관동팔경(關東八景)의 하나.
鷗　 : 갈매기

감 상

　관동팔경으로 손꼽히는 명승지 경포대에서 가을달밤을 벗한다. 허나 아무도 없는 외로움, 오직 모래사장 위의 흰 갈매기만이 잠 못 들곤 벗을 찾아 울며 오가고 있다. 저 갈매기 마음도 내 마음 같구나.
　갈매기에 자신의 감정을 이입하여, 아무리 헤어져 있어도 변치 않는 미더운 마음을 보이고 있다.
　이 시의 원시는 부전하는 고려가요이다. 거문고 밑바닥에 적혀 중국 강남까지 건너갔는데 고려 광종 때 사신 장진공(張晉公)이 해석 번역하여 중국에 알려졌다 한다.

主題 : 붕우유신(朋友有信)
題材 : 한송정의 밤

작 자

　張延祐(?~1015) : 고려 현종 때의 대신

임을 보내며

정지상

비 갠 긴 언덕에 풀빛은 더욱 푸른데,
그대 남포에서 전송하노니 노래만 슬퍼라.
대동강 물은 어느 제 다할 것인고?
이별의 눈물 해마다 푸른 물결 더하네.

送人

鄭知常

雨歇長堤草色多	우헐장제초색다
送君南浦動悲歌	송군남포동비가
大同江水何時盡	대동강수하시진
別淚年年添綠波	별루년년첨록파

雨歇 : 비가 다하다. 비가 그치다.
南浦 : 남쪽 포구. 진남포로 볼 수 있음.

감 상

대동강 나루터에서 친구를 떠나 보내는 석별의 정을 읊은 이 시는 별리(別離)를 읊은 시로서 대표적 작품이다. 눈물 때문에 강물이 마를 수 없다는 결구의 착상이 놀라운 것이다.

대동강 강둑에는 봄비에 돋아난 풀이 싱그러운데, 이 좋은 때 나는 친구와 이별해야 하는 슬픈 심정이다. 헤어지면 언제 다시 만날 수 있을지 모르니 더욱 안타깝다. 이 나루에서 이별하는 사람도 같이 없겠고, 그 뿌리는 눈물도 한이 없을 것이니 대동강 물은 마를 수가 없을 것이다.

主題 : 이별의 슬픔
題材 : 대동강물

김부식이 하루는 아래와 같이 시를 지어 읊고 있었다.

버들 빛은 천 가지마다 푸르르고,
복숭아꽃은 만 송이가 붉었네.

柳色千絲綠　　유색천사록
桃花萬點紅　　도화만점홍

　　이렇게 읊자 갑자기 허공에서 원귀(寃鬼)가 된 정지상이 나타
나 김부식의 뺨을 사정없이 후려치면서 '버들가지가 천 가지이고
복숭아꽃이 만 송이인지 일일이 세어 보았느냐'고 하는 것이었다.
정지상은 다음과 같이 고치라고 하였다.

　　버들 빛은 가지마다 푸르르고,
　　복숭아꽃은 송이마다 붉다.

柳色絲絲綠　　유색사사록
桃花點點紅　　도화점점홍

작자

　　鄭知常(?~1135) : 고려 중엽의 문인. 묘청(妙淸)의 난에 연루되었다는 죄목
으로 김부식에 의해 처형당했다. 그의 시는 만당(晩唐)의 풍이 있으며 특히 절구
(絕句)에 뛰어났음.

산에 살다

이인로

봄은 가도 꽃은 여전히 피어 있고,
하늘이 맑으니 산골짝은 절로 그늘져 있다.

대낮에도 두견새가 우니
아, 알겠노라. 내가 깊은 산에 살고 있음을.

山居

李仁老

春去花猶在　　춘거화유재
天晴谷自陰　　천청곡자음
杜鵑啼白晝　　두견제백주
始覺卜居深　　시각복거심

杜鵑 : 촉나라 망제의 혼이 두견새가 되었다 한다. 진달래꽃 필
　　　무렵 저녁때 슬피 우는 새. 소쩍새, 자규(子規), 불여귀
　　　(不如歸)라고도 하고 시에 많이 등장한다.
卜居 : 살만한 곳을 가려서 정함.

감 상

　깊은 산 속이기에 봄이 가고 여름이 되었건만 꽃이 여전히 피어
있고 한낮 쨍쨍한 볕이 쪼이는 때라도 심산궁곡이기에 시원한 바
람과 서늘한 그늘이 항상 있는 곳에 산다. 따라서 밤에 우는 두견
새가 한낮에도 저녁나절인 줄 알고 우짖으니 내가 사는 곳이 깊은
산 속임을 깨닫게 되는구나.
　자연을 사랑하여 죽림고회(竹林高會)를 만들고 시작(詩作)에
전념하는 시인의 삶이 엿보인다. 마치 한 폭의 화조도(花鳥圖)를
대하는 것 같이 선명한 시상이다.
　主題 : 자연애
　題材 : 깊은 산 속

1. 두견을 소재로 한 시조를 몇 수 소개한다.

　　두견아 울지 마라 이제야 내 왔노라
　　이화도 피어 있고 새 달도 돋아 있다

강산에 백구 있으니 맹세가 풀이하리라

-이현보

두견에 목을 빌고 꾀꼬리 사설 얻어
공산월(月) 만수에 불여귀가 울었으면
상사(相思)로 가심에 맺힌 한을 풀어볼까 하노라

-무명씨

이화에 월백하고 은한이 삼경인 제
일지춘심을 자규야 알랴마는
다정도 병인 양하여 잠 못 들어 하노라

-이조년

2. 이인로의 또 한 편의 시를 감상해 보자

소상강의 밤비

한줄기 푸른 물결 양쪽 언덕은 가을인데,
바람은 가랑비를 보내 돌아가는 배를 씻누나.
밤들어 강변대숲에 배를 대었더니,
잎마다 찬 소리가 모두 근심스럽구나.

瀟湘夜雨

一帶滄波雨岸秋	일대창파우안추
風吹細雨灑歸舟	풍취세우쇄귀주
夜來泊近江邊竹	야래박근강변죽
葉葉寒聲總是愁	엽엽한성총시수

작 자

李仁老(1152~1220) : 고려 중기 문인. 호는 쌍명제(雙明齊). 한때 중이 되기
도 함. 죽림고회의 일인. 저서로는 '파한집(破閑集)'이 있고 당풍(唐風)의 시를
잘 썼음.

꽃을 꺾으며

이규보

모란꽃 이슬 머금어 진주 같은데,
신부가 모란을 꺾어 창가를 지나다.

방긋이 웃으면서 신랑에게 묻기를,
'꽃이 예쁜가요 제가 예쁜가요'.

신랑이 일부러 장난치느라,
'꽃이 당신보다 더 예쁘구려'.

신부는 꽃이 예쁘단 데 뽀로통해서,
꽃가지를 밟아 짓뭉개고 말하기를.

'꽃이 저보다 예쁘거든
오늘밤은 꽃하고 주무시구려'

折花行

李奎報

牡丹含露眞珠顆	목단함로진주과
美人折得窓前過	미인절득창전과
含笑問檀郎	함소문단랑
花强妾貌强	화강첩모강
檀郎故相戲	단랑고상희
强道花枝好	강도화지호
美人妬花勝	미인투화승
踏破花枝道	답파화지도
花若勝於妾	화약승어첩
今宵花同宿	금소화동숙

낱말 풀이

檀郎 : 성이 檀氏인 신랑

今宵 : 오늘 밤

감 상

　이슬을 머금은 모란꽃은 진주처럼 아름답다. 신부는 자신이 더 아름답다고 생각하고 '누가 더 아름다우냐'할 때 신랑은 짓궂게 '꽃이 더 예쁘지' 한다. 이에 신부는 '오늘밤은 그럼 꽃하고 자구려'하는 재치를 보인다.

　시인은 평범한 이야기를 아름다운 말로 표현하는 기술자이다. '절화행(折花行)'은 '악부체(樂府体)'의 詩로서 신혼부부의 사랑이야기를 모란을 소재로 표현한 명시이다. 그러나 오늘날 신랑이 신부에게 꽃이 더 예쁘다면 큰일난다. '사람이 꽃보다 아름다워' (안치환)를 노래해야 한다.

-전략-
누가 뭐래도 사람이 꽃보다 아름다워,
이 모든 외로움 이겨낸 바로 그 사람.
누가 뭐래도 사람이 꽃보다 아름다워,
노래의 온기를 품고 사는,
바로 그대 바로 당신.
바로 우리 우린 참사랑.
主題 : 사랑싸움
題材 : 모란

이규보의 또 한 편의 시를 감상해 보자

여름날에

대닢자리 가벼운 적삼으로 바람 부는 난간에 누웠다가,
꾀꼬리 울음 두세 소리에 꿈이 깨었네.
나무 잎에 꽃이 가리어 꽃은 봄 지난 뒤에도 남아있고,
엷은 구름에서 해가 새어나와 빗속에서도 밝구나.

夏日卽事

輕衫小簟臥風欞	경삼소점와풍영
夢斷啼鶯三兩聲	몽단제앵삼양성
密葉翳花春後在	밀엽예화춘후재
薄雲漏日雨中明	박운누일우중명

작자

　李奎報(1168~1241) : 호는 백운거사(白雲居士). 시문(詩文)에 능하며 박학
(博學). 문장이 자유분방. 저서로는 '동국이상국집' '백운소설' 가전체 '국선생전'
'청강사자현부전' 시 '동명왕편(東明王篇)'. 만년에 백낙천(白樂天)을 좋아함.

눈 내리는 산 속의 밤

이제현

종이 이불 한기가 돌고 불당의 등불조차 어둑한데
사미승은 한 밤 내내 종을 치지 않누나.

자던 손님 새벽 일찍 문 열고 나선 것을 투덜대겠지
암자 앞에 눈 소복이 내려앉은 소나무 보려함일세

山中雪夜

李齊賢

紙被生寒佛燈暗	지피생한불등암
沙彌一夜不鳴鍾	사미일야불명종
應嗔宿客開門早	응진숙객개문조
要看庵前雪壓松	요간암전설압송

낱말 풀이

沙彌 : 막 출가(出家)하여 십계(十戒)를 받았으나 아직 수행을
        쌓지 않은 중. 어린 중
庵   : 암자(庵子). 중이 임시 거처하며 도(道)를 닦는 집. 작은 절.

감 상

　깊은 산 속의 겨울밤을 암자에서 지내게 되었다. 오직 고요만
있을 뿐, 으스스한 추위를 앉아 견디는 것보다는 새벽 일찍 암자
를 나와 거니는 것이 오히려 낫겠다는 생각으로 밖으로 나왔다.
그러자 암자 앞에는 밤새 소리 없이 내린 눈을 소복이 안고 선
소나무가 있다. 얼마나 추웠을까? 힘들었을까? 가엾어라. 온 세상
이 백설인 산 속, 청송만이 묵묵히 어둠, 추위, 고적을 견디고 있구
나.

　이제현은 중국의 운율에 정통하였다. 또 고려가요를 악부(樂
府)로 번역하기도 했다. 그는 한시를 우리나라 시로 정착시키는데
공을 세웠다. 익재의 문하에서 목은(牧隱)이 나오고 뒤이어 권근
(權近), 김종직(金宗直)으로 이어질 정도로 한문학의 정통을 열게
했다. 이 시는 한문학의 대가다운 면을 잘 보여주는 시라 하겠다.

　主題 : 자연애
　題材 : 산 속의 밤

　이제현의 ‘小樂府’에 번역해 실린 ‘고려가요 정과정곡’을 소개
한다.

34

정과정곡

내 님을 그리워하여 울고 다니니
산접동새 나는 비슷합니다.
아니라고 하시며 거짓이라고 하신들
잔월효성이 아실 겁니다.

鄭瓜亭曲

憶君無日不霑衣   억군무일불점의
政似春山蜀子規   정사춘산촉자규
爲是爲非人莫問   위시위비인막문
只應殘月曉星知   지응잔월효성지

작자

李齊賢(1287~1367) : 호는 익재(益齋). 공민왕 때 문하시중(門下侍中). 충선
왕 때 왕을 따라 원(元)의 서울에 가서 그곳 문인과 교유, 문명을 떨침. 고려왕조
를 위기에서 구한 충신.
　저서로는 '익재난고' '역옹패설'과 50수 가까운 詩가 전함.

부벽루

이 색

어제 영명사를 지나다가
잠깐 부벽루에 올랐네
텅 빈 성에는 한 조각달이 걸려 있고
오래된 돌 위엔 구름도 천추(千秋)나 되었네
기린마(麒麟馬)는 떠나가고 돌아오지 않는데
천손(天孫)은 어느 곳에서 노닐고 있는고?
난간에 기대어 길게 휘파람 부니
산은 푸르고 강물 절로 흐르네.

浮碧樓

李穡

昨過永明寺	작과영명사
暫登浮碧樓	잠등부벽루
城空月一片	성공월일편

石老雲千秋	석로운천추
麟馬去不返	인마거불반
天孫何處遊	천손하처유
長嘯依風磴	장소의풍등
山淸江自流	산청강자류

낱말 풀이

永明寺 : 평양 금수산에 있는 절. 광개토대왕이 세웠다고 함.
　　　　부벽루 서쪽에 있음.

浮碧樓 : 평양 금수산에 있는 누각. 영명사의 남헌홍(南軒興)화
　　　　상이 창건.

長　嘯 : 긴 휘파람.

風　磴 : 비바람 속에 드러나 있는 돌층계

麟　馬 : 기린같이 잘 생긴 말.

天　孫 : 제왕의 자손을 높이는 말.

감 상

　평양에서 영명사를 구경하고 건축물로는 굴지의 명작인 부벽
루에 올랐다. 그러나 역사가 깊을수록 사람들에게 느껴져 오는
것은 회고의 정과 비애! 그 옛날 말달리던 장부와 귀공자는 어디
에 있을까. 나도 모르게 절로 구슬픈 휘파람이 나오는구나. 산과

강은 무심하게 의연하건만.

가곡 '일송정(一松亭)' 「…한 줄기 혜란강은 천 년 두고 흐른다. 지난 날 강가에서 말달리던 선구자 지금은 어디 곳에 거친 꿈이 깊었나.」의 배경음악이 들리는 듯 하다. 옛시인의 노래란 느낌이 들지 않는 명시이다.

主題 : 회고의 정
題材 : 부벽루

이색의 또 다른 작품을 감상해 보자.

새 벽

풍로에 국 끓고 까치도 울고,
아내는 부엌에서 간을 맞추고.

아침 해 높이 떠도 따뜻한 이불,
세상일 모두 잊고 잠 좀 더 자자.

晨興卽事

湯沸風爐鵲噪簷	탕비풍로작조첨
老妻盤櫛試梅塩	노처관즐시매염
日高三丈紬衾煖	일고삼장유금난
一片乾坤屬黑甛	일편건곤속흑첨

김삿갓이 지은 시 '부벽루'를 비교 감상해 보자.

부벽루에 오르니

'세 산이 청천 밖에 떨어지고,
두 물이 백로주를 이루었다'한
이백의 시 바로 그 경치인데(李白 '鳳凰臺'중 한 구절)
화나게도 고대 문장이 내 구(句)를 빼앗아서
석양에 붓을 내던지고
도로 양주로 돌아가노라

三山半落靑川外　　二水分中白露州
古代文章奪吾句　　夕陽投筆下楊州

작자

李穡(1328~1396) : 호는 목은(牧隱). 고려 문인. 한림학사. 공양왕 때 유배.
이곡(李穀)의 아들임. 그의 시는 웅혼하며 곱고 엄중하고 또 심오하여 전편을
다 읽어야 이해될 정도의 문장가임.
　저서로는 '목은집' 가전체 '죽부인전'.

봄 비

정몽주

봄비가 하도 가늘어 방울조차 못 짓더니
밤이 되니 가느다란 소리 제법 들리네

눈 녹아 남쪽 냇가에 물이 불었으니
새싹들이 얼마나 돋아났을까?

春雨

鄭夢周

春雨細不滴　　춘우세부적
夜中微有聲　　야중미유성
雪盡南溪漲　　설진남계창
草芽多少生　　초아다소생

낱말 풀이

南溪 : 남쪽에 있는 냇가
多少 : 다소. 조금.

감 상

봄비가 부슬부슬 내리는데 빗방울이라 할 수도 없는 안개 같은 것이다. 그러나 밤이 되면 눈에 보이는 것이 없는 까닭에 청각이 예민해지며 봄비 내리는 소리가 비로소 들린다. 비가 오면 눈이 녹고, 눈 녹으면 냇물도 흐를 것이고, 냇물이 흐르면 냇가의 풀들이 파릇파릇 돋아나겠지.

정몽주를 '백골이 진토 되어 넋이라도 있건 없건'의 강경하기만 한 정치가로 알고 있다. 하지만 그는 봄비를 이토록 시각적, 청각적 관찰을 통해 섬세하게 표현하고 봄이 되면 돋아날 새싹들을 사랑하는 여리고 고운 마음씨가 엿보이는 시인인 것이다.

主題 : 자연애
題材 : 봄비

조선 중기 신위(申緯)는 정몽주의 문학을 다음과 같이 평한 바 있다.

진정 성리학을 전수하여 동방에 으뜸이며
절의는 당당하게 백 대에 전해질지라
말할 나위 없이 문장도 탁월하니

41

봄비 소리에 집 창가에 이른 매화 피누나

眞傳理學冠東方	진전리학관동방
節義堂堂百世降	절의당당백세강
不謂詞章兼卓犖	불위사장겸탁락
雨聲板屋早梅窓	우성판옥조매창

작자

鄭夢周(1337~1392) : 고려 말기 학자. 호는 포은(圃隱). 성균대사, 주자학을
가르침. 이방원이 보낸 조영규에 의해 선죽교(개성에 있음)에서 피살. 유저(遺
著)로는 '포은집'이 있음.

첫눈

이숭인

아득하니 세모의 하늘에서 눈이 내리네
새해 첫눈이 온 천지에 쌓이네

새들은 산 속의 보금자리를 찾지 못하고
중은 눈 덮여서 샘물 담긴 돌 확조차 더듬고 있네

주린 까마귀 들판에서 울부짖고
얼어붙은 버드나무 시냇가에 누워버렸네

어느 곳에 인가 있어서
저 먼 숲 속에서 연기가 나는 걸까?

新雪

李崇仁

滄茫歲暮天	창망세모천
新雪遍山川	신설편산천
鳥失山中木	조실산중목
僧尋石上泉	승심석상천
飢烏啼野外	기오제야외
凍柳臥溪邊	동류와계변
何處人家在	하처인가재
遠林生白煙	원림생백연

감 상

'詩의 번역은 반역이다'란 말이 있다. 위의 시처럼 완전하게 겨울눈 내리는 정경을 읊은 시를 번역함은 작자의 심경에 반역하는 것 같다는 느낌이다.

한 해가 저물 무렵 새해를 맞이할 눈이 펑펑 쏟아진다. 하늘 아득히 먼 곳으로부터 온 천지에 소복하게 쌓이는 눈. 새가 깃들 보금자리를 못 찾고 중도 물긷는 돌 확조차 어디쯤인지 더듬을 정도로 내린다. 까마귀와 버드나무까지 견디지 못하게 많이 내린 눈. 그 눈 덮인 천하에 멀리 하얀 연기가 하늘 위로 올라가고 있구나. 사람들만이 폭설을 이기고 설 지낼 준비를 하는구나.

主題 : 첫눈 내리는 겨울의 멋
題材 : 雪景

작 자

李崇仁(1347~1392) : 고려말기 학자로서 호는 도은(陶隱). 이색에게 사사함. 정몽주와 같이 실록(實錄)을 수찬하였음. 삼은(牧隱, 圃隱, 陶隱)중 한 사람. 간결하고도 우아한 시풍을 지녔음.

패랭이꽃(카네이션)

정습명

세상 사람들은 모란을 사랑해서
동산에 가득히 심어서 기른다.
그렇지만 황량한 들판에도
예쁜 꽃 피어난 줄은 아무도 모르네.
그 빛깔은 시골 연못에 달빛이 스민 듯
향기는 언덕 위 나무 향기를 바람결에 풍겨 온다.
땅이 후미져서 귀한 분들 오지 않아
아리따운 자태를 농부에게 맡긴다.

石竹花

鄭襲明

世愛牧丹紅	세애목단홍
栽培滿園中	재배만원중
誰知荒草野	수지황초야

亦有好花叢　　역유호화총
色透村塘月　　색투촌당월
香傳隴樹風　　향전롱수풍
地偏公子少　　지편공자소
嬌態屬田翁　　교태속전옹

牧丹 : 목단꽃. 변음 되어 모란꽃으로 발음. 중국인들이 특히
　　　좋아함. 부귀를 상징함.
隴樹 : ① 작은 언덕 위의 나무 ② 묘지의 나무
地偏 : 외진 땅.
嬌態 : 아양.
田翁 : 농부

감 상

　세상사람들은 부귀영화를 좋아하기에 모란꽃을 가꾼다. 그러
나 들판에 피어난 패랭이꽃(카네이션 재래종)은 연못에 달이 스
민 듯 겉은 붉어도 속은 흰빛 아련하고, 은은한 향기는 언덕 나무
들 냄새 같은 꽃. 외진 곳에 피기에 귀한 분 만나기 어려워도 애교
부리는 데는 농부만으로도 족하다네.
　고려 중기 어려운 시절을 살아가는 작자의 모습을 반영하고 있
다. 조촐한 삶, 소박한 미가 곧 한국인이 찾고자 하는 전통적인
삶의 자세가 아닐까? 요즈음 현대인들도 정원에 피는 꽃보다 야

생화를 즐겨 찾는다. 바로 이 시인과 동심이라 하겠다.
　主題 : 소박한 아름다움. 겸손.
　題材 : 패랭이꽃.

　패랭이꽃의 이미지와 좋은 대조가 되는 꽃에 '수선화(水仙花)'
가 있다. 수선화는 나르시시즘(Narcissism·자만심)의 꽃이다.
이를 읊은 가곡을 한번 읊조려보자.

수선화

김동명 작사

　그대는 차디찬 의지의 날개로
　끝없는 고독의 위를 날으는 애달픈 마음
　또한 그리고 그리다가 죽는
　죽었다가 다시 살아 또다시 죽는
　가여운 넋은 가여운 넋은 아닐까
　부칠 곳 없는 정열을 가슴에 깊이 감추고
　찬바람에 쓸쓸히 웃는 적막한 얼굴이여
　그대는 신의 창작집 속에서
　가장 아름답게 빛나는 불멸의 소곡
　또한 나의 작은 애인이니
　아아 내 사랑 수선화야

48

나도 그대를 따라 저 눈길을 걸으리

작 자

鄭襲明(?~1151) : 고려 의종(毅宗)때의 중신. 향공(鄕貢)으로 문과에 급제.
한림학사. 최충(崔冲), 김부식(金富軾)과 시폐 십조(時弊十條)를 인조(仁祖)에게
올렸으나 거부당했음. 의종 즉위 후 선왕의 유명(遺命)을 받들어 거침없이 간
(諫)함으로써 왕의 미움을 삼. 또 폐신(嬖臣)들의 무고가 있자 자결함.

눈병이 난 채

오세재

늙음과 병이 서로 따르고
한평생 베옷으로만 지냈네.
눈에 검은 꽃 피어 빛 많이 가리고
눈동자에는 광채가 적도다.
등불 앞에서 글자 보기 두렵고
눈 온 뒤에 눈부심이 부끄러워라.
과방이 나붙는 것 기다려 보고
눈감고 돌아앉아 세상 일 잊으리.

病目

吳世才

老與病相隨	노여병상수
窮年一布衣	궁년일포의
玄花多掩映	현화다엄영

50

紫石少光輝	자석소광휘
怯照燈前字	겁조등전자
羞承雪後暉	수승설후휘
待看金牓罷	대간금방파
閉目坐忘機	폐목좌망기

낱말 풀이

窮年 : 한평생.

掩映 : 그늘지게 함. 막아 가림. 엄예(掩翳)와 같은 뜻임.

玄花 : 눈(眼).

紫石 : 눈동자. 眼睛을 형용하여 이르는 말

忘機 : 세상일을 잊음.

감상

　유약한 시인의 체질로는 험난한 세상을 살아가기가 어렵다. 따라서 병들고 가난하게 살게 마련이다. 눈병이 들어 잘 보이지 않고(백내장 같은 눈병의 경우 검은 점이 눈앞에 어른거려 사물을 바르게 볼 수 없음) 겨울에 흰눈이 내리면 눈부셔서 뜰 수가 없는 지경이다. 그래도 과거에 합격하기를 눈이 빠지도록 기다린다. 이번에도 안 되면 완전히 포기하고 눈감고 살겠노라.

　한 가닥 희망이 있어 병든 몸을 안고 사는 우리들의 아픔을 이렇게 잘 표현할 수 있을까? 시인 오세재는 옛사람이 아니라 바로 우리 자신인 것이다.
　　主題 : 병든 몸의 고달픔.
　　題材 : 병든 눈.

작 자

　　吳世才(생몰년미상) : 고려 후기의 한문학자. 자는 덕전(德全). 벼슬하기를 싫
어하여 이인로(李仁老)를 좇아 임춘(林椿)들과 사귀어 해좌칠현(海左七賢)이라
일컬어졌으며 죽림고회(竹林高會)를 조직하였음. 詩에 뛰어났고 인구(人口)에
회자되는 시가 많음.

홀로 앉아서

서거정

찾아오는 손님도 없이 혼자 앉았네
빈 뜰은 비 올 듯이 어둑하구나.
물고기가 흔드는지 연잎이 움직이고
까치가 밟았는가 나뭇가지가 흔들린다.
거문고가 눅눅해도 줄에서는 소리가 잘 나고
화로는 싸늘해도 불씨는 아직 남아 있다.
진흙길이 출입을 가로막으니
하루 종일 문을 닫아걸고 있도다.

獨坐

徐居正

獨坐無來客　　독좌무래객
空庭雨氣昏　　공정우기혼
魚搖荷葉動　　어요하엽동
鵲踏樹梢翻　　작답수초번
琴潤絃猶響　　금윤현유향

爐寒火尚存   노한화상존
泥途妨出入   이도방출입
終日可關門   종일가관문

낱말 풀이

泥途 : 진흙탕길
關門 : 문을 닫아걸다.

감 상

   늘그막에 찾는 이가 없다. 고관으로 일평생을 산 서거정이기에
연못에는 잉어를 기르고 수련이 아름답게 피어 있다. 정원수 높은
곳에 까치집도 깃들어 있고, 거문고 있어도 청동화로에 불기운이
남아 있어도 대화를 나누고 문학을 논할 친구가 없다. 굳이 변명
하자면 비 온 후 진흙길을 밟고 오기가 싫어서 안 오는 거라고
위로하며 종일을 집에서 보낸다.
   늦게 되면 혼자 보내는 시간이 많다. 인간 누구에게나 주어진
절대적 고독이다. 문물(文物)을 갖추고 남들이 부러워하는 삶을
살아왔어도 이는 어쩔 수 없는 것이다. 자신이 처한 주변환경을
살펴보며 위안을 삼아야 한다.
   主題 : 노후의 고독
   題材 : 거처하는 주변

徐居正(1420~1488) : 조선 초기 학자. 호는 사가정(四佳亭). 대제학으로 23년 봉직. 판서, 대사헌, 시관 등을 두루 거침. 저서로는 '동문선(東文選)''필원잡기'가 있고 '삼국사절요'를 비롯한 공저가 다수 있음.

산에서 내려다보면

김시습

아이는 잠자리 잡고 늙은이는 울타리를 고치는데
작은 시내 봄물에는 물새가 멱을 감는다.
청산이 끝났지만 돌아갈 길은 멀어
등나무 한 가지 꺾어 비스듬히 메고 가네.

山行卽事

金時習

兒捕蜻蜓翁補籬	아포청정옹보리
小溪春水浴鷺鴛	소계춘수욕로자
靑山斷處歸程遠	청산단처귀정원
橫擔烏藤一箇枝	횡담오등일개지

蜻蜓 : 잠자리. 청낭자(靑娘子)라고도 칭함.
鸕鷀 : 가마우지새. 옆머리 부분에 검은색 무늬가 있고 물갈퀴
발로 잠수를 잘함.

감 상

아이들은 잠자리 잡고 늙은이는 울타리 고치는 평범한 삶을 산
다. 그러나 이 평범 속에 비범이 있음을 깨닫게 된다. 자연도 관조
하건대 봄이면 물새가 냇물에서 얼마나 활기차게 놀고 있는가?
청산이 끝났지만 어느 절에도 안주하지 못하고 등나무꽃 한 가지
꺾어 향기를 맡으며 메고 가기도 하며 끝없는 방랑의 길을 가야
하는 숙명이다.

일생동안 방랑하며 산 작자로서는 산길을 많이 오르내리며 사
람들이 살아가는 모습을 그릴 수 있게 된다. 세상사람들의 극히
평범한 삶이 그의 손에 들어가면 이렇게 아름다운 시가 된다.

主題 : 방랑의 삶
題材 : 늦봄풍경

방랑의 일생을 보낸 불우한 천재시인 김시습의 또 다른 한 편의
시를 감상해 보자.

나그네

나그네 청평사에서
봄 산 경치 즐기나니
새 울음에 탑 하나 고요하고
지는 꽃잎 흐르는 개울물.
때를 알아 나물은 자랐고
비 지난 버섯은 더욱 향기로워.
시 흥얼대며 신선골 들어서니
씻은 듯이 사라지는 근심 걱정.

有客

有客淸平寺	유객청평사
春山任意遊	춘산임의유
鳥啼孤塔靜	오제고탑정
花落小溪流	화락소계류
佳菜知時秀	가채지시수
香菌過雨柔	향균과우유
行吟入仙洞	행음입선동
消我百年憂	소아백년우

작 자

金時習(1435~1493) : 조선 전기문인. 호는 동봉(東峯), 매월당(梅月堂). 세조의 찬탈 비관 일생동안 방랑, 생육신의 한 사람. 저서로는 '매월당시집' 최초의 소설 '금오신화(金鰲新話)'가 있음.

천마록을 대하고

이 행

책 속의 천마산색(天磨山色),
아직도 어렴풋이 눈앞에 있네.
사람은 가고 없고
고도(古道)는 날로 멀어져 가네.
가랑비 영통사(靈通寺)에 내리고
석양은 만월대(滿月臺)에 진다.
생과 사는 본래 만날 수 없는 것.
허옇게 된 머리로 홀로 배회하네.

題天磨錄後

李 荇

卷裏天磨色	권리천마색
依依尙眼開	의의상안개
斯人今已矣	사인금이의

古道日悠哉	고도일유재
細雨靈通寺	세우영통사
斜陽滿月臺	사양만월대
死生曾契闊	사생증결활
衰白獨徘徊	쇠백독배회

낱말 풀이

斯 人 : 이 사람. 갑자사화(甲子士禍)에 희생된 친구 박은(朴誾)
　　　　을 가리킴.
靈通寺 : 개성에 있는 절
滿月臺 : 개성에 있는 고려 왕궁터. 고려 말기 궁전은 타버림.
契　闊 : 오랫동안 만나지 못함.

감 상

　천마록을 읽으면 그 천마산의 산색이 역력하게 떠오르는데 친구는 없고 옛길을 찾을 길이 없으며 멀리 절에는 비가 내리고 있다. 옛 궁전터 만월대에는 석양이 비스듬히 기우는데 산 사람과 죽은 사람이 만날 수는 없고 이제 백발이 된 나의 머리를 쓰다듬으며 저승에서나 만날 것을 기약한다.
　이행은 남곤(南袞), 박은(朴誾)과 개성의 천마산(天磨山)에 놀러가서 시집 '천마록(天磨錄)'을 지었다. 친구가 죽자 그 시집을 보며 친구를 그리워하면서 이 시를 지은 것이다.
　主題 : 친구를 그리워함. 思友

題材 : 책 ‘天磨錄’

이행의 또 한편의 시를 감상해 보자.

추석날 밤

평생에 사귄 벗들 다 죽고 없는데
백발이 되어 몸과 그림자가 서로 보게 되네.
이야말로 높은 누각 달 밝은 밤인데
처량한 피리소리 차마 들을 수 없네.

八月 十五夜

平生交舊盡凋零　　평생교구진조령
白髮相看影與形　　백발상간영여형
正是高樓明月夜　　정시고루명월야
笛聲凄斷不堪聽　　적성처단불감청

작 자

李荇(1478~1534) : 조선 초기 문인. 호는 용재(容齋). 시도 잘 쓰지만 부(賦)
에 뛰어남. 화평하고 고아한 시풍을 지녔음.

친정어머니

신사임당

백발의 어머니는 임영(강릉의 친정)에 계시온데
이 몸은 장안으로 홀로 가는 서글픔

머리 돌려 한번 더 북평(고향마을) 마을 바라보면은
흰 구름 내려앉는 저녁 고향산은 더욱 푸르러.

踰大關嶺望親庭

申師任堂

慈親鶴髮在臨瀛	자친학발재임영
身向長安獨去情	신향장안독거정
回首北坪時一望	회수북평시일망
白雲飛下暮山靑	백운비하모산청

蹴 : 넘어가다. 어느 장소를 뒤로하여 통과하다.
大關嶺 : 강릉과 정선 사이의 태백산맥의 재. 이를 중심으로 관
         북, 관동으로 나뉘어짐.
鶴 髮 : 백발, 노인들의 흰머리.
臨 瀛 : 강릉의 딴 이름.
北 坪 : 강릉의 한 마을 이름.

감 상

　늙으신 어머니는 친정에 계신데 홀로 시댁 서울로 가야만 하는
여인의 숙명. 눈물이 앞을 가려도 한번 더 고향마을 돌아보는 심
정, 멀리 고향 산에는 흰 구름조차 떠나기 싫은 듯 주저앉았건만
언제 다시 올는지, 어머니는 그때까지 정정하실 지 불안한 마음인
채 저녁 어스름 친정을 떠나야 한다. 저녁산은 친정어머니, 흰 구
름은 딸인 자신, 푸름은 그리움을 뜻한다고 본다.
　主題 : 사모(思母)
　題材 : 대관령을 넘음

　신사임당이 어머니를 생각하는 마음을 생각하며 양주동 작사
'어머니 마음'을 노래해 보자.

　낳으실 제 괴로움 다 잊으시고
　기르실 제 밤낮으로 애쓰는 마음

진자리 마른자리 갈아 뉘시며
손발이 다 닳도록 고생하시네
하늘아래 그 무엇이 높다하리요
어머님의 희생은 가이없어라.

작 자

申師任堂(1504~1551) : 조선 명종 때의 화가. 사임당은 그녀의 호. 이이(李珥)의 어머니. 시문에도 뛰어났다. 사임당을 추모하여 오죽헌(烏竹軒)이 세워져서 강릉의 명소가 되었음.

그냥 읊어봄

조식

사람들이 바른 선비를 아끼는 것은
호랑이 털가죽을 좋아함과 같아.
살았을 땐 잡아죽이려 하고
죽은 뒤엔 아름답다 떠들어대지.

偶吟

曹植

人之愛正士	인지애정사
好虎皮相似	호호피상사
生則欲殺之	생즉욕살지
死後方稱美	사후방칭미

낱말 풀이

方 : 바야흐로

감 상

사람들은 군자로서 올바르게 살 때 바른 선비라 일컫는다. 그러나, 일생동안 바르게살기가 얼마나 어려운 것인가? 어떻게 해서든지 헐뜯는 것이 세상인심이다. '사람은 죽어서 이름을 남기고 호랑이는 죽어서 가죽을 남긴다'고 말한다. 세상을 살아가기가 어려움을 우회적으로 표현한 시이다.

主題 : 바르게 삶
題材 : 선비

조식의 시조를 감상해 보자.

1. 두류산 양단수를 예 듣고 이제 보니
   도화 뜬 맑은 물에 산영(山影)조차 잠겼어라
   아희야, 무릉이 어디뇨 나는 예인가 하노라.

2. 삼동에 베옷 입고 암혈에 눈비 맞아
   구름 낀 볕 뉘도 쬔 적이 없건 만은
   서산에 해 지다 하니 눈물겨워 하노라.

曺植(1501~1572) : 조선 중기 학자. 일생동안 은일 생활. 호는 남명(南溟). 이황과 함께 명망이 높음. 두류산에서 살았으며 작품으로는 '남명가'가 있었다하나 전하지 않고 시조 3수가 전함. 저서로는 '남명집'이 있음.

인생이 뭔지

김인후

온 것은 어디서 온 것인지
가는 것은 또 어디로 가는 건지

오고감에 흔적조차 없구나
인생 백년 살기가 아득하여라.

題沖庵詩卷

-金淨(호는 沖庵)의 시집에 부침-

金麟厚

來從何處來	내종하처래
去向何處去	거향하처거
去來無定蹤	거래무정종
悠悠百年計	유유백년계

悠悠 : ① 근심하는 모양 ② 아득하게 멀다
蹤 : 발자취, 종적(蹤跡).

감 상

　내가 태어나서 살다가 어디로 가는 걸까? 도대체 어디 있다가
이 세상에 온 것일까? 인생은 생각할수록 아득하게만 느껴지는
것이다. 그래서 학문도 하고 예술도 하고 종교에도 의지해 보면서
아득하게만 느껴지는 그 답답한 심경을 풀고자 한다.
　선배 충암 김정의 시집에 부쳐 쓴, 철학적 시이다. 작자가 천문,
지리, 의약에 두루 통한 사람이지만 역시 인생은 알 수 없는 것임
을 노래한 것이다. 최희준의 가요 '하숙생'같은 느낌이 든다. '인생
은 나그네길 어디서 왔다가 어디로 가는가…!'
　主題 : 인생이 뭔지. 인생고찰(人生考察).
　題材 : 인생철학

　인생이란 무엇인지 명구(名句)를 찾아보자.
　◎ 만약 인생에 제2판이 있다면 정말 나는 교정하고 싶다(영국,
클레어).
　◎ 죽음을 본 적이 없다고요? 매일 거울을 바라보시오. 그러면
꿀벌들이 유리로 된 벌집 안에서 일하고 있는 것처럼 그것이 훤하
게 보일 거요(프랑스, 장 콕도).
　◎ 노인은 파선이다(프랑스, 드골).

◎ 산 위의 이슬처럼, 강 위의 거품처럼, 그대는 영원히 가버렸네(스코틀랜드, 스코트).

작자

金麟厚(1510~1560) : 조선 중종 때의 문신, 학자. 호는 하서(河西). 천문, 지리, 의약 등 다방면에 정통했다. 저서로 '하서집'이 있음.

산길

송익필

가노라면 쉬는 걸 잊어버리고,
쉬노라면 가는 걸 잊어버리고.

솔 그늘에 말 세우니 맑은 물소리,
뒤에 오던 사람들 내 앞을 가네.

머무는 곳
서로 다른데
다툴 것 뭐 있는가.

山行

宋翼弼

山行忘坐坐忘行   산행망좌좌망행
歇馬松陰聽水聲   헐마송음청수성

後我幾人先我去　　후아기인선아거
各歸其止又何爭　　각귀기지우하쟁

낱말 풀이

松陰 : 소나무 그늘

감 상

　산을 가다보면 쉬는 걸 잊고 계속 가게 된다. 또 가다가 경치 좋은 곳에 앉아 쉬다보면 가기가 싫어져서 솔 향기를 맡으며 음악 소리보다 더 좋은 계곡물 소리에 시간가는 줄 모른다. 나보다 뒤에 오던 사람이 앞서 가는 것을 보고 일어선다. 그러나, 그 앞서가던 사람들도 경치 좋은 곳을 만나면 마냥 앉아 쉴 것이고 그러면 내가 또 앞서게 되니, 누가 먼저 어디를 다녀왔는지 따질 것도 없도다.

　사람이 살아가는 것이 제각기 취향도 다르고 목적지도 다르다. 굳이 내가 좋아하는 것을 남들도 좋아하기 바랄 것 아니고 나 또한 남들의 삶의 방식을 왈가왈부할 것이 아니다. 나와 다르다고 해서 상대방이 틀린 것으로 생각하면 잘못인 것이다.

　主題 : 삶의 취향이 다 다름. 개성(個性) 존중

　題材 : 산길

宋翼弼(1534~1599) : 조선 선조 때의 학자. 호는 귀봉(龜峰). 성리학에 통달했고 문장이 뛰어났다. 저서로 '귀봉집'이 있음.

말없는 이별

임제

아리따운 아가씨 열 다섯 나이
부끄러워 말도 못하고 헤어졌어라.
돌아와 문빗장 잠가 두고서
배꽃 사이 달을 보며 눈물 흘리네

無語別

林悌

十五越溪女　　십오월계녀
含羞無語別　　힘수무어별
歸來掩重門　　귀래엄중문
泣向梨花月　　읍향이화월

越溪女 : 중국 월(越)나라 땅에 미인이 많았다고 함. 월녀(越女)
　　　　는 미녀.
重　門 : 겹으로 된 문. 곧 안방 문.
梨花月 : 배꽃 틈으로 보이는 달. 봄 향기를 맡으며 바라보는 달.

감 상

　시골의 순진한 처녀 총각들이 남몰래 마음 속으로 그리워하면
서 애태우는 사연과 정감을 쓴 작품이다. 조선조는 남녀간의 사랑
이 크게 제약되었던 시대였으므로 사랑하는 사람들끼리 만날 수
도 없고 사랑의 말을 나눌 수도 없었다. 따라서 아가씨의 사모하
는 마음씨와 수줍어하고 안타까워하는 정감은 더욱 절실하여 봄
밤에 잠 못 자고 배꽃을 보며 울 수밖에 없었으리라.
　主題 : 이별의 한
　題材 : 달밤

　임제의 시조를 감상해 보자. 황진이의 묘지에서 쓴 시이다.

　청초 우거진 골에 자는다 누웠는다?
　홍안은 어디 두고 백골만 묻혔는다?
　잔 잡아 권할 이 없으매 글로 설워하노라.

林悌(1549~1587) : 조선 선조 때의 문인, 문신. 호는 백호(白湖). 성격이 호방하고 문장이 뛰어났다. 저서로 '임백호집(林白湖集)'.

꿈길

이옥봉

요즈음 어찌 지내시는지요?
달 밝은 밤 사창 안의 제 한이 깊사옵니다.

만약 꿈길에도 발자취가 남는다면
임의 문 앞 자갈길도 모래밭이 되었을 거예요.

夢魂

李玉峰

近來安否問如何　　근래안부문여하
月白紗窓妾恨多　　월백사창첩한다
若使夢魂行有跡　　약사몽혼행유적
門前石路已成沙　　문전석로이성사

紗窓 : 얇고 고운 비단을 붙여 만든 창
石路 : 돌이 많은 길. 자갈길.

감 상

    임과 떨어져 사는 여인은 늘 임을 그리워하며 안타까워한다. 달 밝은 밤이면 그리움이 더욱 사무친다. 소실로 사는 작자는 임 계신 곳으로 꿈마다 찾아간다. 발자취가 실제로 생기기라도 한다면 임의 문 앞 돌길이 모래가 될 정도로 밤마다 임 찾아가는 꿈을 꾼다.
主題 : 임 그리움. 연정
題材 : 꿈길

꿈을 소재로 임 그리는 마음을 읊은 시조를 감상해 보자.

◎ 꿈에 뵈는 임이 신의 없다 하건마는
    탐탐이 그리울 제 꿈 아니면 어이 보리?
    저 임아, 꿈이라 말고 자로 자로 뵈시소.
                        -명옥(여류시인)

◎ 사랑이 거짓말이, 임 날 사랑 거짓말이

꿈에 와 뵌다는 말이 그 더욱 거짓말이

나같이 잠 아니오면 어느 꿈에 뵈오리

　　　　　　　-김상용

作者

李玉峰(?~?) : 조선 선조때 여류시인. 호는 옥봉. 조난(趙暖·1544~?)의 소
실. 이별의 한과 연정을 여성적인 필치로 호소한 시가 많음. 저서로는 '옥봉집(玉
峰集)'이 있음.

반달

누가 곤륜산의 옥을 쪼개다가
직녀의 머리 빗을 만들었는가

견우가 한번 떠나간 후에
수심에 쌓여 푸른 하늘에 던져 버렸네.

詠半月

黃眞伊

誰斷崑崙玉   수단곤륜옥
裁成織女梳   재성직녀소
牽牛一去後   견우일거후
愁擲碧空虛   수척벽공허

崑崙 : 중국의 곤륜산. 옥이 많이 남. 옥출곤강(玉出崑岡)의 숙
        어가 있음.
梳   : 얼레 빗. 반원형의 빗.

감 상

　옥황상제의 딸, 직녀는 베 짜는 일을 하고 동네총각 견우는 소
를 모는 일을 했는데 둘이 사랑에 빠져 하는 일을 게을리 하자
옥황상제는 은하수를 사이에 두고 떨어져 살게 하고, 칠월칠일
밤에만 만나도록 허락했다. 만났다 헤어져서 다시 일 년을 기다려
야 하는 직녀. '부불 재가(夫不在家)면 불시홍장(不施紅粧)'의 윤
리 때문에 머리를 빗지도 않고 살면서 하늘에다 빗을 던져버렸다.
　반달이 반월형 얼레빗이란 생각이 들자 직녀와 같은 자신의 처
지를 생각, 화담 서경덕을 사모하는 마음을 읊었다.
　主題 : 임 그리움. 연정
　題材 : 반달

　황진이의 또 한 편의 시를 감상해 보자. 역시(譯詩)는 가곡 '꿈
길'로 애창되고 있다.

　　꿈길밖에 길이 없어 꿈길로 가니
　　그 임은 나를 찾아 길 떠나셨네
　　이 뒤엘랑 밤마다 어긋나는 꿈

같이 떠나 노중에서 만나지고.

相思夢

相思相見只憑夢	상사상견지빙몽
儂訪歡時歡訪儂	농방환시환방농
願使遙遙他夜夢	원사요요타야몽
一時同作路中逢	일시동작로중봉

작자

黃眞伊(?~?) : 조선 중종때 개성의 기녀. 시인. 자(字)는 명월(明月). 송도삼절(松都三絶·황진이, 서경덕, 박연폭포)의 하나. 지족선사(知足禪師)를 파계시키고 벽계수(碧溪水)를 물에 빠뜨린 이야기로 유명하다. 임제(林悌)가 흠모한 이야기도 유명함. 시조 6수 전함.

국화꽃 보며

정철

가을이 지나며 북녘에서 날아온 기러기 소리 구슬픈데
고향 생각이 날 적마다 망향 대에 오르도다.

그윽한 향기 풍기며 핀 시월의 함산 국화꽃이여
넌 중양절을 기해 피지 않고 필히 날 위해 피었구나.

咸興十月看菊

鄭澈

秋盡關河候雁哀	추진관하후안애
思歸且上望鄕臺	사귀차상망향대
慇懃十月咸山菊	은근시월함산국
不爲重陽爲客開	불위중양위객개

關河 : 함곡관(咸谷關)과 황하(黃河). 중국을 가리킴. 북쪽.
候雁 : 철새인 기러기.
重陽 : 음력 9월 9일.

감 상

가을이 거의 다해 갈 무렵, 관하로부터 기러기 떼가 오며 슬피운다. 객지에 와 있는 사람의 마음을 쓸쓸하게 하니, 망향대에 올라 남쪽하늘을 바라보는 수밖에 없다. 그때 그윽한 향기 풍겨와 고개를 돌려보니 은근한 미를 나타내는 함산의 국화가 피어 있구나. 남쪽 지방에선 음력 9월에 피는 국화가 이곳 함흥 지방에선 10월에 피누나. 아마 객지에 와 있는 나를 반기고자 일부러 늦게 피어서 객수를 달래주려는 것이 아니겠느냐?

정철은 국문학의 제1인자로서 가사, 시조뿐만 아니라 한시에도 조예가 깊었다. 이 시의 끝 구절에서 함흥지방에 어사로 가서 민정시찰을 하는 사이에도 국화꽃을 보면서 남쪽지방보다 늦게 피었다고 보지 않고 자기 자신을 기다려서 늦게 된 것으로 묘사한다. 그만큼 사물을 긍정적이고 아름답게 보려는 자세가 시인의 눈이 아니겠는가?

主題 : 국화꽃의 그윽함. 은근한 美.
題材 : 국화꽃

정철의 또 다른 시 한 편을 감상해 보자.

절에서 한밤중에

쓸쓸히 나뭇잎 지는 소리를
성근 빗소리로 잘못 알고서
스님 불러 문 나가서 보라 했더니
"시내 남쪽 나무에 달 걸렸네요." 한다.

山寺夜吟

蕭蕭落木聲　　소소락목성
錯認爲疎雨　　착인위소우
呼僧出門看　　호승출문간
月掛溪南樹　　월괘계남수

현대시 서정주의 '국화 옆에서'를 감상해 보자.

한 송이 국화꽃을 피우기 위해
봄부터 소쩍새는 그렇게 울었나보다.
한 송이 국화꽃을 피우기 위해
천둥은 먹구름 속에서 또 그렇게 울었나보다.
그립고 아쉬움에 가슴 조이던

머언 먼 젊음의 뒤안길에서
이제는 돌아와 거울 앞에 선
내 누님같이 생긴 꽃이여
노오란 네 꽃잎이 피려고 간밤엔 무서리가 저리 내리고
내게는 잠도 오지 않았나 보다.

작 자

鄭澈(1536~1593) : 조선 중기 문인. 호는 송강(松江). 김만중은 정철의 '관동별곡' '사미인곡' '속 미인곡'을 '眞文章'이라 하고 특히 속미인곡을 중국의 명문 '이소(離騷)'에 비길만하다고 극찬. 시조로는 '훈민가(訓民歌)'가 유명함. 임란 중에 많은 우국 시를 한시로 남겼음. 시조만도 70여 수를 남김. 윤선도와 쌍벽을 이루는 한국문학의 대가임.

무덤에 제사하다

이 달

흰 개는 앞서 가고 누렁이는 뒤따라가고
들판의 풀밭에는 무덤들이 줄지어 있다.

무덤에 제사지낸 할아버지 밭둑 길로 올 무렵
저녁 노을처럼 붉게 취한 할아버지 부축하는 손자아
이야!

祭塚謠

李 達

白犬前行黃犬隨	백견전행황견수
野田草際塚纍纍	야전초제총유유
老翁祭罷田間道	노옹제파전간도
日暮醉歸扶小兒	일모취귀부소아

88

纍纍 : 겹쳐서 이어지다.

감 상

흰 개와 누렁이가 노인을 앞질러 가고 무덤 즐비한 곳으로 노인은 술병을 들고 제사를 지내러 간다. 무덤에서 술을 마시고 고독을 씹으며 비틀거리는 할아버지를 대여섯 살 먹은 손자아이가 부축해 올 때, 그것은 허무와 비애, 무상, 비참, 그 어느 단어보다도 처절한 것이다.

'개'는 저승사자를 의미하고 '日暮'는 황혼 길의 노인의 삶을 의미한다. 곧 다가올 죽음을 목전에 둔 것은 '무덤'이 즐비한 것으로 표현되었다. 무덤이 누구의 것이건 상관없다. 아내, 자식, 친구, 조상 어느 것이나 다 먼저 갔기에 그리움이 사무치리라.

主題 : 人生無常
題材 : 무덤에 제사하다

자식을 먼저 보낸 어머니의 심경을 노래한 시를 비교 감상해 보자.

죽은 딸을 추도함

南氏 : 이필운(李必運, 미상)이라는 이의 부인

아홉 살에 칠 년을 그리 앓다가
돌아가 누우니
편안은 하냐.

오늘밤은 이렇게 눈이 오는데
이 어미 떨어져도
춥지 않으냐.

悼亡女

九歲七年病   구세칠년병
歸臥爾應安   귀와이응안
只憐今夜雪   지련금야설
離母不知寒   이모부지한

작 자

李達(생몰년미상) : 조선 선조 때의 시인. 호는 손곡(蓀谷). 시에 탁월했다. 글씨도 뛰어났음. 최경창(崔慶昌), 백광훈(白光勳)과 함께 당시(唐詩)에 뛰어나 삼당(三唐)이라 일컬어짐. 저서로는 '손곡시집(蓀谷詩集)'.

과부가

유몽인

칠십 먹은 늙은 과부
홀로 빈방을 지킨다.
여사잠도의 교훈도 읽고
왕후 비빈이 지킬 덕행에 대해서도 안다.

이웃사람들은 재가하라 권하면서
착한 남자로 인물도 좋다나.
흰머리로 젊은 척 애교부리면
연지분에 어찌 부끄럽지 않을까?

霜婦歌

柳夢寅

七十老霜婦　　칠십노상부
單居守空壼　　단거수공곤

92

慣讀女史詩　　관독여사시
頗知姙姒訓　　파지임사훈
傍人勸之嫁　　방인권지가
善男顔如槿　　선남안여근
白首作春容　　백수작춘용
寧不愧脂粉　　영불괴지분

낱말 풀이

霜婦 : 젊어서 과부가 됨. 청상과부의 준말.
壼　　: 대궐의 안길. 궁중에 왕래하는 길.
頗　　: 자못
女史詩 : 여사잠도(女史箴圖)를 말함. 중국 진(晋)나라 때 궁중
　　　　후궁인의 윤리 도덕을 말한 책. 장화(張華)가 지은 것
　　　　에 그림도 곁들임.
姙 姒 : 임사지덕(姙姒之德)의 뜻. 후비(后妃)의 현숙한 덕행.

감 상

　젊어서 과부 되어 독수공방으로 산지 오래 되어 70세가 되었다.
그렇게 절개 지켜 오기에는 책을 통해 교훈을 많이 읽어왔기 때문
이다. 그런 나를 보고 이웃사람들은 늙어서 외롭게 지내지 말고
개가하기 권하지만 아무리 착한 신랑, 인물 좋은 남자라 할지라도
흰머리가 다 된 늙은 여자가 새삼 애교부리고 분을 바른다 한들

좋다할 리 있겠는가? 분바르기가 부끄럽게 생각되는구나.

　작자가 광해군 밑에서 벼슬하여 인조를 섬길 수 없다는 뜻으로 쓴 시이다. 위의 시의 원제목은 '題寶盖山寺壁'이다. 인조반정이 일어난 때 쓴 시이다.

　主題 : 절개(節介)

　題材 : 과부(寡婦)

작 자

　柳夢寅(1559~1623) : 조선 중기 문인. 호는 어우당(於于堂). 장편 시를 쓰는 특징을 가졌음. 불의를 용납지 않기에 인목대비 폐위사건에 불복, 그러나 광해군 복위사건에 연루 죽임을 당함. 저서 '於于野談'.

연경 가는 길에

이수광

언덕 버들은 사람 맞아 춤추고
수풀 속의 꾀꼬리는 길손보고 지저귀네.
비가 개니 산은 활기를 띠고
바람 따뜻해 풀이 싹을 틔운다.
풍경은 시속에 그림으로 들어오고
냇물은 악보 없는 거문고 소리 울리네.
길은 멀어 가도 가도 다함이 없는데
지는 해는 먼 산봉우리에 깨어지고 있구나.

途中

李睟光

岸柳迎人舞　안류영인무
林鶯和客吟　임앵화객음
雨晴山活態　우청산활태

風暖草生心　　풍난초생심
景入詩中畵　　경입시중화
泉鳴譜外琴　　천명보외금
路長行不盡　　노장행부진
西日破遙岑　　서일파요잠

낱말 풀이

詩中畵 : 서경시 적인 것을 뜻함. 아름다운 경치
譜外琴 : 악보로 기록할 수 없는 음악 같음. 아름다운 소리

감 상

　연경(燕京)을 가는 길에 눈에 들어온 풍경을 노래한다. 버들은
사람(자기 자신)을 반기는 듯 너울거리고 숲 속의 꾀꼬리는 자기
를 보고 노래한다. 더구나 비가 개어 청명한 날씨에 산 빛은 선명
하고 봄바람에 풀들은 무럭무럭 자란다. 풍경은 시적이고 냇물은
더할 수 없이 좋은 음악이다. 가도가도 끝없이 먼 중국대륙 벌판
이다. 게다가 서쪽으로 지는 해가 산봉우리에 걸려 햇살이 분해되
어 아름다운 풍경을 재조명하고 있구나.
　이국의 풍경은 선명한 인상의 기행 시이다. 남다른 점이 새롭게
느껴지고 자연 표현하고 싶은 충동이 일게 마련이다.
　主題 : 연경 가는 길에 본 아름다운 경치
　題材 : 이국 풍경. 연경의 봄 풍경.

작 자

李睟光(1563~1628) : 조선 중기 학자. 호는 지봉(芝峰). 종사관으로서 연경에
내왕. 이조판서를 지냄. 저서로는 '채신잡록(採薪雜錄)' '지봉유설(芝峰類說)'. 지
봉유설은 천문지리 시령(時令)에 걸쳐 고문을 채록 고증한 명저.

딸아! 아들아!

허난설헌

지난해에 사랑하는 딸을 잃고
올해에는 사랑하는 아들을 잃었다.

슬프디 슬픈 광릉 땅이여
두 무덤 마주보고 있구나.

쓸쓸한 바람이 백양나무 숲에서 불고
도깨비불이 숲 속에서 반짝이누나.

지전을 사르며 너희들 혼을 불러 보고
무술을 너희들 무덤에 따르노라.

이 어미는 안다 너희 오누이 혼백이
밤마다 서로 따르며 노는 줄을.

비록 이 어미 뱃속에 아이가 있지만
제대로 장성할지 근심스럽다.

하염없이 황대사를 부르며
피눈물 흘리며 흐느껴 우노라.

哭子

許蘭雪軒

去年喪愛女	거년상애녀
今年喪愛子	금년상애자
哀哀廣陵土	애애광릉토
雙墳相對起	쌍분상대기
蕭蕭白楊風	숙숙백양풍
鬼火明松焚	귀화명송분
紙錢招汝魄	지전초여백
玄酒奠汝丘	현주전여구
應知弟兄魂	응지제형혼
夜夜相追遊	야야상추유
縱有腹中孩	종유복중해
安可冀長成	안가기장성
浪吟黃臺詞	낭음황대사
血泣悲吞聲	혈읍비탄성

廣陵 : 지명. 안동 김씨의 선영이 있는 곳.

白楊 : 백양나무.

焚　　 : 불사름

玄酒 : 제사지낼 때 술 대신 쓰는 찬물. 무술

黃臺詞 : 황대하과사(黃臺下瓜詞)의 준말. 당(唐)나라 고종비
　　　　(高宗妃)인 측천무후가 읊은 것으로 '부질없는 넋두
　　　　리'의 뜻.

감 상

　여류시인으로 남달리 정감이 깊은 사람이 연속해 딸과 아들을
잃는 슬픔을 당했다. 오누이의 쌍무덤을 보며 지전을 태우고 무술
을 따르며 스스로 위로하며 생각한다. 죽어서도 남매는 외롭지
않을 것이라고 또 자신이 임신중인 것으로 위로하면서 피눈물을
흘리며 운다.

　여인으로서 어머니가 되어보지 않고는 이 시를 절절하게 공감
하기는 어려울 것이다. 더욱이 한국의 어머니처럼 자식사랑이 지
극한 나라도 없으리라.

　主題 : 먼저 간 자식을 추도함.

　題材 : 아들딸의 죽음. 아들딸의 무덤.

許蘭雪軒(1563~1589) : 조선 선조 때 여류시인. 본명은 초희(楚姬). 호는 난설헌. 허균(許筠)의 누나. 김성립(金誠立・1562~1592)의 아내. 저서로는 '난설헌집'. 한시에 뛰어나 그의 시는 중국에서 더 많이 알려졌다고 함.

도연명의 시를 읽으며

최기남

내 일찍 도연명을 사랑하여
홀로 떨어져 세속의 일 멀리 하였네.
술 있으면 바로 취하고
즐기는 일이란 전원에 사는 것뿐이라네.
어찌 춥고 배고프지 않으리오마는
꼿꼿이 곧고 넓은 맘 품고 있느니.
문장은 자못 평범하고 넓어
평온하고 소박한 모습을 나타내 보이네.
슬픈 것은 세상에 뒤늦게 태어난 것
세대가 달라서 서로 만나지 못하네.
이 시인 이미 가고 없으니
이 회포 어떻게 하소연하랴?

102

讀 陶靖節詩

崔奇男

吾愛陶元亮	오애도원량
脫落遠世務	탈락원세무
有酒聊成醉	유주료성취
所樂在田圃	소락재전포
豈不寒與飢	기불한여기
耿介懷貞度	경개회정도
文章頗夷曠	문장파이광
足以見平素	족이견평소
所嗟生苦晚	소차생고만
異代不相遇	이대불상우
己矣無此士	기의무차사
有懷將焉訴	유회장언소

낱말 풀이

靖節 : 깨끗한 절개

元亮 : 도장의 字

夷曠 : 평탄하고 넓음. 평평하고 넓음.

此士 : 이 선비. 도연명을 가리킴.

감상

　　시대적으로 공간적으로 먼 사람을, 가까이 있는 사람보다 더 깊은 이해와 사랑으로 아낄 수도 있다. 이것이 인류의 보편적 인정인 것이다. 중국의 도연명을 좋아하는 이 작자는 도연명이 깨끗한 절개를 지킨 삶의 자세와 시풍을 사랑하기에 뒤늦게 태어남을 원망할 정도이다.

　　우리가 선인(先人)중에 존경하고 흠모하는 사람이 있어 깊이 연구하고 따른다면 이 또한 얼마나 참되게 사는 것일까? 도연명처럼 벼슬보다 전원을 사랑하여 술을 즐기고 시를 사랑하는 삶이 많은 문인들의 공통 체질이 아닐까?

　　主題 : 도연명을 사모함. 선인을 본받음.

　　題材 : 도연명 시인.

최기남이 사모했던 도연명에 대하여 알아보자.

　　陶淵明(365~427) : 송나라 초기 시인. 본명 潛. 호는 淵明. 자 元亮. 유불도 (濡・佛・道)에 두루 통하는 사상인. 오언시가 유행함에도 그는 사언시를 잘 씀. 대구를 쓰기보다 산구(散句)를 씀.

　　전원 풍경을 아름답게 읊음. 대표작 '귀거래사(歸去來辭)' '五柳先生伝' '桃花源記'. '飮酒'.

작자

　　崔奇男(1586~?) : 조선 중기 시인. 호는 구곡(龜谷). 당시(唐詩)를 즐겼음. 두보(杜甫)처럼 가난하고 미천한 위항시인. 도연명을 좋아해 '졸옹전(拙翁傳)'이란 자전(自傳)을 남김.

뱀이 용을 물다니

김만중

뱀이 용꼬리 물고서
태산을 넘었다 합니다

사람마다 이런 말 한 마디씩 하여도
겉 다르고 속 다른 인심을 임이 짐작하소서

蛇龍

金萬重

有蛇啣龍尾	유사함용미
聞過太山岑	문과태산잠
萬人各一語	만인각일어
斟酌在兩心	짐작재양심

啣 : 함(銜)과 같은 뜻. 말의 입에 물리는 쇠로 만든 물건.
岑 : 산봉우리.

김만중은 임금에게 이렇게 심경을 토로하였다.

"뱀이 용꼬리를 물고서 태산 준령을 넘었다는 과장된 거짓말이 있습니다. 사람 인심이 본래 악의적인 면이 있으니 임이시어 곧이 듣지 마시고 잘 살피시옵소서."

남을 짓밟고 자신만 살아남겠다는 당파싸움으로 인한 거짓말에 속아넘어가서는 안 된다.

김만중은 이렇게 우회적인 시를 쓰고서도 부족해서 숙종을 간하기 위한 소설 '사씨남정기'까지 썼다.

집에서는 효자, 나가서는 충신인 작자의 심정이 엿보인다.

主題 : 총명 필요. 성총을 바람.
題材 : 거짓말.

金萬重(1637~1692) : 조선 숙종 때의 문신, 소설가. 호는 서포(西浦). 우리 소설 문학의 선구자이다. 저서로 '서포집(西浦集)', 한글 소설로 '구운몽(九雲夢)' '사씨남정기' 효자로서 모친을 추모하는 '윤씨 행장'이 전함.

연밥 따는 처녀

홍만종

저 아름다운 연밥 따는 아가씨,
횡당 물가에 배 매어 놓았네.
말 탄 사내에게 보이기 부끄러워,
웃으며 연꽃 속으로 들어 가버리네.

採蓮曲

洪萬宗

彼美採蓮女　피미채련녀
繫舟橫塘渚　계주횡당저
羞見馬上郞　수현마상랑
笑入荷花去　소입하화거

107

渚 : 물가.
荷花 : 연꽃. 연꽃과에 속하는 다년생 수초.

감 상

　아름다운 아가씨가 초여름 연밥을 따러 횡당못 가에 나왔다. 그때, 말 탄 사나이가 준수한 용모로 나타난다. 아가씨는 그 사나이를 보는 순간 가슴이 뛴다. 그러나, 여자가 먼저 좋아하는 표정을 지을 수는 없어 저절로 어색한 웃음을 지으며 연꽃 속으로 들어가 사랑의 불길을 감추려 한다. 첫눈에 반한 것이다.
　초여름, 청춘남녀, 연꽃 이 모두가 젊음의 미를 잘 표현하는 것이다.
　主題 : 남녀의 순정
　題材 : 연꽃.

　이백(李白)의 월녀사(越女詞)를 비교해 보자.

　저 냇가에서 연밥 따는 아가씨,
　나그네 보자 노 저으며 돌아가네
　웃으며 연꽃 속으로 들어가더니
　부끄러움 감추려 다시는 나오지 않는구나.

耶溪採蓮女　　야계채련녀
見客棹歌回　　견객도가회
笑入荷花去　　소입하화거
伴羞不出來　　양수불출래

작자
_____

　洪萬宗(1643~1725) : 조선 효종 때의 학자. 호는 현묵자(玄默子). 널리 학문
에 통하고 많은 저술을 남겼다. 저서에 '소화시평(小華詩評)' '순오지(旬五志)'.
'시화총림(詩話叢林)'

개성여자

최성대

개성의 젊은 여자 그 모습 꽃 같더라
높게 쪽진 머리 붉은 화장에 얼굴을 반은 가렸네
저녁에는 궁터로 풀 싸움하러 가기 바쁘네
잎사귀 틈에 숨었던 나비도 은비녀 꽂은 머리로 날아
드네

松京詞(第一首)

崔成大

開城少婦貌如花　　개성소부모여화
高髻紅粧半面遮　　고계홍장반면차
向晚宮墟鬪草去　　향만궁허투초거
葉間蝴蝶上銀釵　　엽간호접상은차

110

鬪草 : 아이들이 풀을 뜯어 많고 적음으로 내기를 한 놀이. 풀
　　　 싸움
蜂蝶 : 벌과 나비.
銀釵 : 은비녀.

감 상

개성미인이란 말이 있다. 꽃같이 아름답다. 얼굴을 반쯤 가리는
장옷을 덮었다. 이에 더욱 매력을 느끼게 한다. 궁터로 풀싸움놀
이를 하러 나온 개성여인들은 예뻐서 풀숲의 나비조차도 꽃으로
알고 날아든다고 하겠다.
　옛 궁터로 풀 싸움하러 간다는 점에서 회고의 정이 느껴지기도
한다.
主題 : 개성여인의 美
題材 : 개성여인

① 문헌에 따라 가사가 좀 다른 것도 있다.

崧陽兒女貌如花　　숭양아여모여화
猶拘琵琶半面遮　　유구비파반면차
向晩宮墟鬪草去　　향만궁허투초거
葉間蜂蝶上銀釵　　엽간호접상은차

② 청주여인을 현대시로 한 것이 있다. 비교해 보자.

청주의 여자들은(제1연)

조철호

청주(淸州)의 여자들은
시집가기 전에도 큰길에 나서지 않는다
눈 위의 것을 보느라
함부로 턱을 치켜들지 않고
바람 따라 흐르는 소문에
귀 열지 않아
무엇을 물어도 아는 게 없는 듯 그저 우물대며
글쎄유——

작 자

崔成大(1691~?) : 조선 영조 때의 문신. 호는 두기(杜機). 시문에 뛰어나 당대
에 유명했다. 저서로 '두기집(杜機集)'.

소등에 앉아 보라

남유용

봄비가 자욱하게 도롱이를 스쳐 지나는데
조각 구름은 골짜기를 너울너울 빠져나간다.
소등에 앉음이 이같이 편한지 잘 알겠도다
제나라 사람의 고각가(叩角歌)를 비웃노라.

騎牛

南有容

春雨濛濛過一簑   춘우몽몽과일사
片雲出峽與婆娑   편운출협여파사
極知牛背便如許   극지우배편여허
笑殺齊人叩角歌   소살제인고각가

濛濛 : 분명하지 않은 모양. 가랑비가 자욱히 오는 모양.
婆娑 : 너울너울 춤추는 모양. 흩어져 어지러운 모양.
叩角歌 : 소뿔을 두드리며 부르는 노래.

감 상

　도롱이를 스치는 뿌연 봄비를 맞으며 너울너울 골짜기를 빠져
나가는 조각구름 아래 여유롭게 소를 타고 가는 시인의 모습이
보이는 듯하다. 특히 끝 귀에서 춘추시대 제나라의 영척(寧戚)이
소뿔을 두드리며 노래를 불러 등용되기를 구한 일을 비웃으며 소
등을 편안히 여기는 흥취를 드러내고 있어 작자가 관각의 문인으
로서는 드물게 보이는 야인(野人)의 여유를 보여줌을 읽게 한다.
　主題 : 평민적 삶에서 누리는 행복
　題材 : 소등을 탐.

작 자

　南有容(1698~1773) : 영조 시대의 문풍을 주도한 관각문인(館閣文人 : 홍문
관, 규장각 문사들 문체를 본뜬 사람)이다. 호는 뇌연(雷淵). 그는 천기론적 시론
을 펼치면서 시작을 겸하였다. 남유용은 '천하에 가득한 것이 모두 나의 시이다.
그 항상인 것은 산천초목에 있고 그 변하는 것은 풍운연월(風雲煙月)에 있다'
하였음.

돌아가신 형님을 그리워하며

박지원

우리 형님 모습이 누구와 비슷했던가?
아버님 그릴 때마다 형님 얼굴 뵙곤 했지.
이제 형님 생각나면 어느 곳에서 뵈올까?
의관을 갖추고서 시냇물에 비춰 보며 걸어가야겠네.

燕巖憶先兄

朴趾源

我兄顏髮曾誰似	아형안발증수사
每憶先君看我兄	매억선군간아형
今日思兄何處見	금일사형하처견
自將巾袂暎溪行	자장건몌영계행

先君 : 돌아가신 아버지. 先考. 先王이라고도 함.
巾袂 : 두건과 옷소매.

감 상

　돌아가신 형님이 누구를 닮았던가? 아버지를 닮았었다. 그래서 아버지가 생각날 때면 형님얼굴을 들여다보곤 했다. 이제 형님마저 세상을 떠나시니 형님이 못 견디게 보고싶으면 어떻게 해야 되나요. 부득이 형님처럼 단정하게 의관을 정제하고 냇물에 비춰보면 제 얼굴에서도 어딘가 형님 닮은 데가 있을 것 같군요.

　형님! 그리운 형님. 아버지도 가시고 형님도 가시고 언젠가는 저도 갈 것이지요. 냇물에 제 자신을 비춰보면서 후회 없는 삶이 되도록 노력하겠습니다.

　연암은 만학문인(晚學文人)으로 남다르게 보고 느끼고 표현하는 개성이 있어 현대인에게 전혀 낯설지 않아 형님 같은 분이라고 생각 든다. 우리도 돌아가신 형님 박지원을 대한 듯이 이 시를 되뇌인다.

　主題 : 형제애
　題材 : 돌아가신 형님

　① 박지원의 또 다른 한시 한편을 감상해 보자.

설날아침 거울을 대함

어느 틈엔가 수염이 희끗거리네
키는 육척 단신 여전하건만
거울 속의 얼굴은 해마다 늙어가네
어린 마음은 외려 작년보다 더한데

元朝對鏡

忽然添得數莖鬚	총연첨득수경수
全不加長六尺軀	전불가장육척구
鏡裏容顏隨歲異	경리용안수세이
稚心猶自去年吾	치심유자거년오

② 형제애를 노래한 정철의 시조 '훈민가' 1수를 소개한다.

형아! 아우야! 네 살을 만져보아
뉘 손에서 태어났건 데 모양까지 같을 손가
한 젖 먹고 길러났으니 딴 마음을 먹지 마라.

작 자

朴趾源(1737~1805) : 조선 후기 문인. 실학파의 하나. 호는 연암(燕岩). 실사
구시 학문을 주장. 한문소설 '허생전' '양반전' '마장전' '예덕선생전'등. 일찍이
청나라에 다녀와서 「熱河日記」 26권을 저술하여 그 웅혼한 문장으로 중국에까
지 이름을 떨쳤음. 운문(韻文)에도 뛰어나 '원조대경(元朝對鏡)'등 10여편이 '대
동시선(大東詩選)'에 수록됨.

부여에서

유득공

부소산에 해 지자 봉화 오르고
찬 날씨에 백마강 물결 드높네.
성충의 옳은 계책 어찌 버려두고
공연히 호국용만 믿었단말고.

二十一都懷古詩중에서

柳得恭

落日扶蘇數點烽　　낙일부소수점봉
天寒白馬怒濤洶　　천한백마노도흉
奈何不用成忠策　　나하불용성충책
却恃江中護國龍　　각시강중호국룡

扶　蘇 : 부여의 부소산
成　忠 : 백제 의자왕 때의 충신
護國龍 : 나라를 지켜주는 용

감 상

　작자가 우리나라의 역대 도읍지를 돌아보며 읊은 시로 백제의 고도인 부여를 읊은 작품. 백제 멸망의 비운이 충신 성충의 충간(忠諫)을 외면한 데서 재촉되었음을 읊고 있다.
　회고시들이 공통적으로 보여주는 바, 망국의 안타까움과 무상감(無常感)을 표현하는 데만 머물지 않고, 망국의 비극이 충신의 말을 따르지 않은 데에서 생기게 되었음을 말하여 실학파다운 교훈을 실감케 한다.
　主題 : 망국의 원인은 충신의 말을 따르지 않았음. 망국의 한.
　題材 : 백제의 서울 부여.

　부여의 '落花岩'을 노래한 이광수의 현대시를 음미해 보자.

낙화암

1. 사비수 나린 물에 석양이 비칠 때
　버들꽃 날리는데 낙화암 예란다

모르는 아이들은 피리만 불건만
맘 있는 나그네의 창자를 끊노라
낙화암 낙화암, 왜 말이 없느냐?
2. 칠백 년 누려오던 부여성 옛 터에
봄 만난 푸른 풀이 옛 빛을 띠건만
구중의 빛난 궁궐 있던 터 어데며
만승의 귀한 몸 가신 곳 몰라라
낙화암 낙화암, 왜 말이 없느냐?
.... 3련 略 ....

작 자

柳得恭(1749~?) : 조선 정조때 문인. 호는 냉재(泠齊), 혹은 혜풍(惠風). 실학
파 4대가 중 한 사람. 작품 '이십일도회고시'.

먼저 간 아내를 추도하며

김정희

어찌하면 월하노인 불러 저승에 호소하여
내세에는 그대와 내 자리 바꾸어 태어날까?
내가 죽고 그대는 천 리 밖에 살아서
그대로 하여금 이 내 슬픔 알게 했으면.

悼亡

金正喜

那將月姥訟冥司	나장월모송명사
來世夫妻易地爲	내세부처역지위
我死君生千里外	아사군생천리외
使君知我此心悲	사군지아차심비

月姥 : 월하노인(月下老人). 부부 인연을 맺어준다는 전설상의
　　　 인물.
冥司 : 저승의 관리.
君　 : 그대.

감 상

　부부 인연을 맺어준 월하노인을 원망하며 저승사자에게 간청
하여 내세엔 그대가 살고 내가 먼저 죽어 그리워하는 입장이 되게
해달라 부탁한다. 그렇지 않고는 나의 이 슬픔을 도저히 모를 테
니까. 그립다 못해 죽고싶도록 원망스러운 아내다.
　이 시는 특별히 해설할 필요가 없을 정도로 우리의 가슴을 울리
게 한다. 시서화(詩·書·畵)에 능한 복을 타고났으되 가정적인
복을 갖추지 못한 추사(秋史)의 아픔이 느껴진다.
　主題 : 먼저 간 아내를 그리워함. 망처(亡妻)를 추도함.
　題材 : 먼저 간 아내.

　가요에 심광석이가 부른 '어느 60대 노부부 이야기' 뒷부분을
읊조려본다. 일생을 함께 해도 여한이 많은 것이 부부간이다.

　-전략-
　세월이 흘러감에 흰머리가 늘어가네

모두 다 떠난다고 여보 내 손을 꼭 잡았소
세월은 그렇게 흘러 여기까지 왔는데
인생은 그렇게 흘러 황혼에 기우는데

다시 못 올 그 먼 길을 어찌 혼자 가려하오
여기 날 홀로 두고 여보 왜 한 마디 말이 없소
여보 왜 한 마디 말이 없소
여보 안녕히 잘 가시오 여보 안녕히 잘 가시오

작 자

金正喜(1786~1856) : 조선 4대 명필중 한 사람. 호는 추사(秋史), 완당(阮堂).
금석학 연구. 북한산 진흥왕 순수비 고증도 함. 遺著 '阮堂集'.

이대로 저대로

김삿갓

이대로 저대로 되어 가는 대로
바람쳐 가는 대로 물결쳐 가는 대로
밥이면 밥 죽이면 죽 이대로 살아가고
옳은 것은 옳고 그른 것은 그르고 저대로 부쳐두세
손님 접대는 제 집안 형세대로 하고
시장 흥정은 시세대로 하세
모든 일은 내 마음대로 같지 못하니
그렇고 그런 세상 그런 대로 살아가세

竹詩

金삿갓

此竹彼竹化去竹   차죽피죽화거죽
風打之竹浪打竹   풍타지죽낭타죽
飯飯粥粥生此竹   반반죽죽생차죽

是是非非竹彼竹　　시시비비죽피죽
賓客接待家勢竹　　빈객접대가세죽
市井賣買歲月竹　　시정매매세월죽
萬事不如吾心竹　　만사불여오심죽
然然然世過然竹　　연연연세과연죽

낱말 풀이

之 : 가다.

竹 : 竹을 훈독하여 '대로'. 이두(吏讀)식으로 표현한 것.

감상

별다른 해설이 필요 없다. 단지 '竹'을 훈독(訓讀)해야 제 맛이
난다. 중국인이 이 시를 읽는다면 제 맛이 날 수 없다.

내용은 모든 것을 순리대로 살 것이며 내 마음대로 되는 것은 없
으니 그런 대로 살아가라는, 달관한 철학자의 인생관이 들어있다.

김삿갓의 또 다른 시 한편을 감상해 보자.

방랑하면 굶주리기 십상이다. 가난한 집에 가서 대접을 받으며
읊은 시를 읽어보자.

밥상에는 고기가 없으니 채소 반찬이 권세 부리고
부엌에는 땔나무가 없어 울타리 뜯어 땔 판이다.

시어머니와 며느리가 밥 한 그릇을 나눠먹고
부지간에 나들이 할 때면 서로 옷을 빌려 입는구나

貧吟

盤中無肉權歸菜	반중무육권귀채
廚中乏薪禍及籬	주중핍신화급리
婦姑食時同器食	부고식시동기식
出門父子易衣行	출문부자역의행

작자
_____

金삿갓(1807~1863) : 본명 김병연(金炳淵). 풍자시인. 조부(祖父)가 홍경래의
난 때 선천부사로 있다가 항복한 것을 수치로 여기고 일생동안 삿갓으로 얼굴을
가리고 팔도를 방랑한 불우한 천재시인. 독특한 해학의 시를 씀. 수많은 한시가
전함. 후인들이 그의 시를 모아 시집을 만들었음. 소설가 정비석이 쓴 '김삿갓'도
있음.

韓國 漢詩 略史

○ 삼국시대

우리나라에서 漢詩가 처음 쓰여진 것은 삼국시대이다.
고구려 을지문덕의 고시 '여수장우중문시(與隋將于仲文
詩)'나 신라 선덕여왕의 '치당태평송(致唐太平頌)' 등이 그
것이다. 그러나 이것들은 정치적 목적을 가지고 쓰여진 것
이라, 문학적 가치를 지닌 본격적인 한시는 신라 말 최치원
의 작품에서 비롯된다.

동국문종(東國文宗)이라 일컬어지는 최치원의 대표적
오언절구는 '추야우중(秋夜雨中)'으로 본문에 수록했다.
'題伽倻山讀書堂' 유불선 삼교에 침잠한 작자의 고고한 자
세가 장외에 아른거리는 절조이다.

○ 고려전기시대

고려 광종 조에 와서 한문학은 크게 융성하였는데 이는
과거제도를 도입하여 인재를 선발했기 때문이다. 漢詩도
이때부터 크게 융성하여 갔으니 오늘날 한국 최고의 한시

는 이 시대의 것들이 많다.

고려전기시대에 뛰어난 시인으로는 崔承祐(동문선에 칠언율시 10수가 수록), 崔承老(동문선에 2수, 보한집에 4수가 전해진다), 또 일찍이 사학을 창설하여 고려의 문교에 지대한 영향을 끼친 崔沖, 문학하는 사람으로 가장 사랑 받은 郭輿, 당시 개혁파의 한 사람으로 서경천도를 주장하다 수구파인 김부식에게 살해당한 鄭知常이 있다. 정지상의 시는 만당체를 터득하였고 절구에 더욱 뛰어났다. 삼국사기로 유명한 金富軾은 시문에 있어서도 한 세대의 획기적 보물이었다. 그 외 김황원, 정습명 등이 유명하다.

정습명의 '贈妓'는 기생으로 자신의 모습을 견주었다. 임금의 사랑도 받아보기는 하였지만 직언이 용납되지 않아 스스로 사약을 마셨던 그이다. 꽃다운 얼굴에 몰려들던 부호 자제도 꽃이 진 뒤 나비처럼 떠나가고 마는 것이 기생의 일생이다. 결구의 표현은 어쩌면 그가 죽은 뒤 후회했던 의종의 안타까움을 예언한 것이라 할까?

百花叢裡淡丰容　　온갖 꽃 속 꽃답던 모습
忽被狂風減却紅　　광풍을 만나서 붉음도 사라졌다
獺髓未能醫玉頰　　영약도 고칠 수 없는 백옥의 뺨
五陵公子恨無窮　　호화로운 공자 님의 끝없는 한

○ **고려후기시대**

고려 후기로 오면 정중부 무인의 난으로 인하여 문인들

은 설자리를 잃게 된다. 이러한 상황에서 모색된 것이 뜻이 맞는 동호인들의 모임이었고 이중 죽림고회(竹林高會)의 문학이 유명하다. 吳世才, 林椿, 李仁老 등이 있다.

이들은 설자리가 없는 처지에서 이루어졌기 때문에 현실 도피적 의미로 파악되어 중국 진대(晉代) 강좌칠현(江左七賢)에 대비한 해좌칠현(海左七賢)이라고 하나, 현실도피보다는 오히려 문인들이 무신들이 지배하는 현실 속에서 자리를 굳히려는 의지로 파악하는 것이 옳을 것이다. 때문에 시의 내용도 기회가 되면 정치에 참여하고자 하는 일말의 미련을 담아 비유에 의해 쓴 것이 많다.

고려 후기 대표적 시인으로 최씨 정권시대에 적극적으로 정치에 참여하면서 문학적 재능이 인정되어 입신출세한 李奎報를 들 수 있다. 그 외에 陳澕, 崔滋 등도 알려진 인물이다.

여말에 이르면 사대부의 출현과 더불어 崔瀣, 李齊賢이 유명하다(고려말엽을 장식한 문단의 宗匠이었으니, 조선 후기 金澤榮은 우리나라 시는 익재 이제현을 으뜸을 삼는다고 할 정도로 유명함).

그 외에 安軸, 白文寶, 李穀, 鄭誧, 李仁復, 田祿生, 李達衷, 韓?, 李穡, 鄭夢周 등이 유명하다. 널리 애송되는 이색의 '부벽루'를 본문에 수록하였다.

○ 조선전기시대

조선 전기 한시 문학은 크게 발전되었다. 세종 조에 뿌려

130

진 문화의 씨앗이 세조의 각고와 성종의 면려로 시문학은 각양의 빛깔로 꽃이 피었고 漢文과 唐詩는 복고의 문풍과 함께 선조 때를 전후해 전성기를 맞게 되었다. 곧 조선조 전기는 제왕의 문치(文治)와 도도한 학풍으로 비록 사림과 사장(詞章)의 대립이 없지 않았으나 그것은 또 나름대로 상보적 기능으로 문예의 진화적 자양이 되었으니 비교적 태평의 치세를 누리며 風雄高華한 성세의 낭만을 꽃피웠다 하겠다.

조선 전기 유명한 시인으로는 鄭道傳, 權近, 卞季良, 鄭以吾, 柳方善, 元天錫, 吉再 등을 들 수 있다. 이 중 조선조에 출사하지 않았으나 고향 선산에서 후학 양성에 매진하여 金叔滋, 金宗直, 金宏弼, 趙光祖에게 학통을 잇게 한 吉再의 시가 유명하다.

한 편의 시를 소개한다.

閑居

臨溪茅屋獨閑居　시냇가 띠집에 한가로이 사노라니
月白風淸興有餘　달 밝고 물 맑아 넘나는 이 흥취
外客不來山鳥語　찾는 이 없어 산새만 우짖는데
移床竹塢臥看書　대밭에 평상 놓고 누워서 책을 읽
　　　　　　　　는다

은일 자의 유여한 삶을 노래했으며 山居之樂, 合自然을 읊은 것이다. 길재는 산거 이전엔 충절과 도리를 살피고 실

행하다가 산거 이후에는 왕조의 비운을 슬퍼하거나 신 왕
조의 비정을 비판도 고발도 하지 않았다. 오로지 도학의 訓
詁와 隱逸에 전념했을 뿐이다.

그 후 집현전 출신학사를 위시한 생사육신의 절의시-충
절의 情恨을 노래한 것과 홍문관 예문관 출신의 官人문학-
館閣의 華美로 시풍은 나뉜다.

관각문학의 화미를 주도했던 대표적 시인으로 徐居正을
들 수 있다. '동문선'의 편찬은 중국 '文選'에 대하여 저들의
문학과 대등 관계로 격상하려는 자부심의 발로라 하겠다.
또한 '東人詩話'는 자신의 시론과 시 비평의 기준을 제시하
고 있다. 객관적 비평태도와 주체적 評眼이 본격적인 비평
문학의 출발이란 점 외에도 시문학의 지평을 열었음은 물
론, 이후 여러 詩話批評의 典範이 되었기 때문이다. 더욱
이제까지 宋詩 일변도였던 慕蘇風에서 唐詩風의 傾杜에로
문예사조를 전환시키는 데 선구적 역할을 했으니, 徐居正
의 '동문선'과 '동인시화'의 편저는 선조 대의 문예의 황금
기를 맞게 하는 결정적 계기였다 할 것이다.

다음은 체제 자체를 부정하며 격렬한 불만과 냉소적 비
판의식으로 사회적 도덕적 규범을 의식적으로 파괴하며
창작 또는 그 작품세계에서 이상적 자아를 실현코자 하던
문인들로 그 대표적 인물이 金時習이다.

'自嘆'이란 시에서는 환속 후의 현실적 삶의 어려움을 노
래했는가 하면, 여러 다른 시편에서도 농민과 탐욕스런 호
사가들의 삶을 대립적으로 풍자한 시가 많다. 그의 시 세계
를 간단히 논할 수 없다. 그러나 그의 문집에 많이 등장하

는 屈原과 陶潛에의 경도는 자신의 처지와 일맥상통하는 바 있어 굴원에게서는 정신을, 처세와 저작의 방법적 모형은 도잠에게서 영향을 입은 듯하다. 그렇다고 그의 삶과 문학이 정치적 격변이나 현실적 가치관을 개변하거나 새로운 지도 이념으로 제시될 수는 없었다. 더욱 체제 밖의 문학이란 작자 자신이 고독한 예외자일 뿐, 교유의 폭이 넓을 까닭이 없고 더욱 독자를 위한 개방도 없었으며 개방한들 독자층이 형성될 수 없었다.

앞에서 언급한 관각의 화미, 이른바 사장파의 뒤를 이어 웅혼화려한 시문으로 문예미학을 추구한 일군의 작가가 있었으니 兪好仁, 曹偉, 金馹孫, 鄭士龍, 盧守愼, 黃庭彧, 朴祥이 그들이다.

이후 李滉으로 대표되는 도학파 시인으로 서경덕, 이언적, 조식, 이이를 들 수 있다.

李滉의 시는 正心의 방편이자 마음을 겸허하게 지니고, 이치를 살펴 의문을 밝혀내고 가슴속의 묘한 경지를 그려내는 사진이었으니, "시가 사람을 그르치게 하는 것이 아니라, 사람이 스스로 그르치게 된다"고 하는 詩옹호론자였다. '詩不誤人'은 "시를 짓는데 틈틈이 몇 구씩 적어서 자기의 마음을 쾌적하게 한다면 또한 방해되지 않아" 시란 지을 만하다고 했으며 '人自誤' 즉 "많이 지을 것은 못 되니 곧 빠져버리기 때문"이라는 주자의 시문학관을 대변하기도 했다.

영남이 길재 이후 도학과 사림문학의 본고장이라면 호남은 그 유장한 남도의 가락이 넘나드는 풍류와 기예의 터라

할 수 있다. 산자락 물굽이마다 자리한 수많은 樓亭을 배경으로 歌壇이 형성되었는가 하면 風流題詠의 누정문학을 낳았다. 물론 호남의 詞客이 도학자 아닌 것이 아니며, 그들의 문학이 처사문학이 아님이 아니지만, 학문보다는 시인묵객으로서의 면모와 기여가 더 크다. 이 시기의 대표적 작가로는 宋純, 林億齡, 朴淳, 鄭澈 등을 들 수 있다. 이중 鄭澈의 '咸興十月看菊'을 본문에 수록했다.

○ 조선후기시대

16세기 후반의 조선은 개국이래 다져온 예교(禮敎)와 성리학이 200여 년의 치세를 맞아 사대부 사회의 제도와 문화가 전성을 누렸으나 안으로는 심각한 한계점을 드러내고 있었다. 이에 표면적 안정보다 의식의 내면, 삶의 본질을 개선하고자 하는 시인, 문사들은 문학에 대한 새로운 인식을 갖게 된다. 무엇보다도 유가적 규범의 틀을 벗어나 경험론적 인성, 나아가 '綠情의 문학'에 대한 인식과 추구였다. 송대(宋代)의 사변적이고 주리적(主理的)인 시풍보다는 참신하고 창조적이며 인정세태를 주정적(主情的)으로 다스리는 당시(唐詩)에로의 복귀운동이 바로 그것이다. 그 대표적 시인으로는 백광훈, 최경창, 이달이니 통칭 3당시인이라 불린다. 그들은 사장파나 사림파처럼 권위와 규범의 틀에 얽매이지 않았고, 체제 밖의 의식적 반발이나 괴변적 초탈을 꾀하기보다는 삶의 현장에서 체득한 진솔한 경험, 인간적 정감의 세계를 노래함으로 문학의 본질을 개혁

했으며, 무엇보다도 공명과 경륜을 위한 관인이기보다는 문인이기를 자처했던, 우리 문학사상 최초의 전문시인들이었다. 그 외 동시대 시인으로 林悌를 들 수 있는데 그는 삼당시인의 뒤를 이어 그들보다 더 지사적인 열정과 반 유가적인 비판의식과 고뇌를 첨예하게 드러내고 있다.

문학사 전반을 통해 여류문학은 零星하기 이를 데 없다. 더욱 조선조는 사대부 본위의 사회 제도, 남성위주의 문화체계였다. 따라서 여성의 사회활동은 물론 '敎男而不敎女'라 하여 학문의 기회도 허락되지 않았다. 국문창제 이후 사대부의 진서 대신 언문이나 익혀 언문서나 읽고 內簡에나 통용하는 것으로 문자 생활의 균형을 유지해왔다. 그러므로 많은 수필류 및 규방가사가 등장하던 조선조 후기에도 여류한문학은 일어나지 못했다. 그런 중에도 특별한 한시 작품들이 있다.

黃眞伊, 申師任堂, 許楚姬, 李玉峰 등이 대표적 여류시인들이다. 신사임당의 '踰大關嶺望親庭'을 비롯해 세 시인작품을 모두 본문에 실은 뜻을 알기 바란다.

조선 후기 영·정대 특히 정조대왕의 탕평책에 이은 상문호학(尙文好學)은 문체반정을 필두로 규장각을 설치해 고문부흥운동을 펴는 등 한문학 부흥에 힘써 학자 문인이 양산되었다. 그러나 물밀듯한 신사조를 주자학의 전통과 인습으로는 이미 감당할 수 없어, 정통 한문학은 이제 문학의 제세(濟世) 및 자주론(自主論)과 함께 '朝鮮詩·朝鮮風'과 같은 자주성, 민족문학으로서의 기반을 다져가게 된다. 따라서 문학담당 층의 확대와 소재의 다양성은 필연적이

135

었으니 위항문학(委巷文學) 특히 역관사가(譯官四家)의 활약 및 악부(樂府), 연희시(演戲詩) 판소리 등 평민문학의 출현을 보게 되었다.

한편 실학사상에 힘입은 지행합일(知行合一)의 양명학은 정제두, 이건창 등이 강화학파를 이루고 항일 문학의 선구적 역할을 담당했으며 문장보국을 실천한 강위, 김택영, 황현 등 한말사가(韓末四家)의 항일노래와 망국의 한으로 한국 한시문학은 그 대미를 맺는다.

중국 漢詩 편

문학박사 이병한

산길 가다 친구에게

당   쟝쉬

산빛 주변 경색 봄볕이 한창인데

날씨 좀 흐렸다 해서 돌아갈 생각일랑은 마시게나

활짝 개인 날씨에 비 올 기색 전혀 없어도

구름 깊은 곳에 들어가면 옷자락 젖는다네

山中留客

唐   張旭

山光物態弄春暉,	산광물태농춘휘
莫爲輕陰便擬歸.	막위경음변의귀
縱使晴明無雨色,	종사청명무우색
入雲深處亦沾衣.	입운심처역첨의

弄春暉 : 봄볕을 희롱하다. 즉 봄볕이 한창이다.
擬　歸 : 돌아가려 하다.
縱　使 : 비록 …라 하더라도

감 상

　높은 산 깊은 골짜기에 들어가면 흔히 기상변화가 발생한다. 그러한 변화를 맛보면서 앞으로 나아가는 것이 또한 산행의 즐거움이라고도 할 수 있다. 그런데 날씨가 좀 흐렸다 해서 이내 집으로 돌아가려 한다면 참으로 멋쩍은 일이 아닐 수 없다.

　당 왕유(王維)는 <산중·山中>이라는 제목의 시에서 "산길 가다 보면 비가 오는 것도 아닌데 파란 하늘빛이 사람 옷을 적신다.(山路元無雨, 空翠濕人衣)"라고 읊기도 하였다.

작 자

　장 쉬(張旭 : 675?~750?)은 자가 백고(伯高)이다. 성당 때의 이름난 서예가로 특히 초서(草書)에 능했다. 상숙위(常熟尉), 금오장사(金吾長史)의 벼슬을 지냈는데 사람들은 그를 '장장사(張長史)'라고 부르기도 하였다. 술을 마시고 나서 종이 위에 붓을 휘두르기가 일쑤여서 '장전(張顚)' 또는 '초성(草聖)'으로도 불렸다. 그의 초서는 리빠이(李白)의 시, 페이민(裴旻)의 칼춤과 함께 '삼절(三絶)'로 일컬어진다. 저술로는 '장장사십이의필법기(張長史十二意筆法記)'가 있다.

사슴이 뛰노는 곳

당   왕웨이

텅 빈 산에 사람은 보이지 않고

저만치서 사람들 웅얼거리는 소리만 들리네

석양빛 깊은 숲 속에 들어와

다시 푸른 이끼 위에 비치네

鹿柴

唐   王維

空山不見人,   공산불견인
但聞人語響.   단문인어향
返景入深林,   반경입심림
復照靑苔上.   부조청태상

鹿柴(녹채) : 사슴을 가두어 기르는 곳. 여기서는 사슴이 뛰노는
　　　　　　 개방공간을 가리킨다.
返景 : 석양빛

감 상

　석양녘 숲 속의 한적함과 찬란함이 함께 묘사되어 있다. 사람은
보이지 않고 사람들 웅얼거리는 소리만 들린다는 표현을 통하여
그 곳이 사람들 사는 곳에서 상당한 거리에 있음을 암시하고 있
고, 석양이 숲 사이로 비쳐드는 장면이 이미 찬란한데 그 빛이
다시 물기를 머금은 바위 위의 이끼를 비친다는 표현을 통하여
색채조화의 신비로운 경지까지 다가서고 있다.

작 자

　왕웨이(王維 : 700∼762)의 자는 마힐(摩詰). 벼슬이 상서우승(尙書右丞)으로
마감되었으므로 왕우승이라 부르기도 한다. 안록산(安祿山)의 난 때 반군에 붙
잡혀 뤄양(洛陽)에 구금되었고 반란이 평정되었을 때에는 또 부역죄(附逆罪)로
곤욕을 겪었으나 난중에 지은 '응벽지시(凝碧池詩)'에 왕실을 걱정하는 마음이
담겨 있음이 인정되고 동생 왕진(王縉)이 자기 벼슬을 걸고 탄원하여 죄를 면하
였다. 불교 선종(禪宗)의 영향을 많이 받아 '시불(詩佛)'로 불리기도 한다. 저술
로 '왕우승집(王右丞集)'이 있다.

먼 곳으로 떠나는 친구를 전송하며

당   왕웨이

위성의 아침 비 가벼운 먼지 적시는데

객사 둘레 버드나무 파릇파릇 새로 물이 올랐네

그대에게 권하노니 이 술 한 잔 더 마시게

서쪽으로 양관을 나서면 아는 이 없을 걸세

送元二使安西

唐   王維

渭城朝雨浥輕塵,   위성조우읍경진
客舍靑靑柳色新.   객사청청유색신
勸君更盡一杯酒,   권군갱진일배주
西出陽關無故人.   서출양관무고인

元二(원이) : 원씨 집안의 둘째 아들. 이름은 알 수 없다

安西(안시) : 지금의 신쟝 위글 자치주 경내에 있었던 안시 도호
　　　　　부(安西都護府)

渭城(웨이청) : 옛날 현 이름. 지금의 산시성 셴양스(陝西省 咸
　　　　　陽市) 동북쪽에 있는 지명. 그 남쪽으로 웨이수
　　　　　이(渭水)가 흐른다

陽關 : 지금의 깐수성 둔황시엔(甘肅省 敦煌縣) 서남쪽에 있는
　　　　옛날 관문

故人 : 아는 사람. 친구

감 상

　당나라 때 왕유가 지은 시이지만 제3, 4구는 오늘날까지도 친구
를 송별하는 자리에서 석별의 정을 담아 곧잘 불려지곤 한다. 세
번을 되풀이하여 부르는 관습이 있어 이를 '양관삼첩(陽關三疊)'
이라 칭하기도 한다.

고향 그리운 달밤

당 리빠이

침상머리 밝은 달빛

땅 위에 내린 서리인가 하였네

고개 들어 산마루에 걸린 달 쳐다보다가

고개 숙여 고향을 생각하네

靜夜思

唐 李白

牀前明月光, 상전명월광
疑是地上霜. 의시지상상
擧頭望山月, 거두망산월
低頭思故鄕. 저두사고향

疑是 : …인가 의심하다. 이백의 <망여산폭포・望廬山瀑布>에 "은하수가 하늘에서 떨어져 내리는 줄 알았다네(疑是銀河落九天)"란 표현이 있다.

감 상

중천에 떠 있는 휘영청 밝은 달을 쳐다보다가 나그네는 문득 고향 생각이 나고 고향의 일가친척 친구들이 그리워진다. 그리고 자기도 모르게 고개를 숙인다.

작 자

리빠이(李白 : 701~762)은 자가 태백(太白)이고, 호는 청련거사(靑蓮居士)이다. 출생지와 조상에 대하여 여러 가지 설이 있다. 25세 때 고향인 미엔죠우(綿州 : 지금의 쓰촨성 쟝유)를 떠나 천하를 유람하였다.

42세 때 당 현종의 부름을 받아 잠시 한림학사(翰林學士)의 벼슬을 하였다. 안록산・사사명의 난 때 반군에 가담했다는 혐의로 이예랑(夜郞 : 지금의 꾸이죠우성 꾸이양)으로 유배를 가기도 하였다. 낭만적 기질의 소유자였고 시풍이 자못 호방하였다. 저술로 '이태백집(李太白集)'이 있다.

산중문답

당   리빠이

무슨 생각으로 푸른 산에서 사느냐 물으시는데

웃어 보일 뿐 답 없으되 제 마음은 마냥 한가롭기만
하답니다

복사꽃은 물 따라 아득히 흘러가는데

여기에 속세 아닌 딴 세상이 있답니다

山中問答

唐   李白

問余何意棲碧山,	문여하의서벽산
笑而不答心自閑.	소이부답심자한
桃花流水窅然去,	도화유수요연거
別有天地非人間.	별유천지비인간

杳然 : 아득히, 묘연(杳然)으로 표기하기도 한다
人間 : 사람들이 사는 곳, 속세

감 상

　시 전체가 4구에 지나지 않으나 그 가운데 물음, 답, 서술, 실경 묘사, 의론 등 다양한 형식과 내용이 함께 담겨 있다.
　사람 사는 세상, 때로는 구차스런 설명이 필요 없는 일들이 있을 수도 있다. 산이 좋아 산에서 사는 사람을 보고 왜 산에서 사느냐 묻는다면 그냥 빙그레 웃을 수밖에 무슨 말이 더 필요할 것이랴.

여산의 폭포를 바라보며

당   리빠이

향로봉에 해 비쳐 보랏빛 연기 일고

저 멀리에 폭포가 냇물처럼 걸렸구나

나는 듯 곧추 삼천 척을 흐르니

은하가 저 높은 하늘에서 떨어져 내려옴인가

望廬山瀑布

唐   李白

日照香爐生紫煙,　　일조향로생자연
遙看瀑布挂前川.　　요간폭포괘전천
飛流直下三千尺,　　비류직하삼천척
疑是銀河落九天.　　의시은하낙구천

廬山(루산) : 지금의 쟝시성(江西省) 쥬쟝(九江) 남쪽에 있는 산

香爐(샹루) : 향로봉. 여산의 북쪽 봉우리. 모양이 향로 같고 봉우리 근처에 늘 구름이나 안개가 덮여 있어 생긴 이름

紫煙 : 향로봉 근처의 구름이나 안개가 햇빛을 받아 보라색 연기처럼 보이는 것을 형용한 말

九天 : 전설에 따르면 하늘은 아홉 겹으로 되어 있는 바 구천을 하늘의 가장 높은 층을 가리킨다

감 상

'망여산 폭포'는 이백의 시 가운데서도 특히 명편으로 알려진 작품이다. 앞 2구는 실경을 묘사한 것인데 햇빛과 물보라의 배합, 흐르는 강물과 폭포의 가로 세로의 연결솜씨가 비범하다. 뒤의 2구는 현실의 과장과 신화적 환상으로 폭포의 기세를 극대화하고 있으며 의경이 자못 호방하다.

하늘과 땅이 이불이오 베개로다

당   리빠이

천고에 쌓인 시름 씻어나 보고자

내리 닫아 1백병 술을 마신다

이 밤 이 좋은 시간 우리 청담이나 나누세

휘영청 달까지 밝으니 잠을 잘 수도 없지 않은가

얼큰히 취해서 텅빈 산에 벌렁 누우니

하늘과 땅이 바로 이불이오 베개로다

友人會宿

唐   李白

滌蕩千古愁,   척탕천고수

留連百壺飲.　　유련백호음
良宵宜淸談,　　양소의청담
皓月未能寢.　　호월미능침
醉來臥空山,　　취래와공산
天地卽衾枕.　　천지즉금침

낱말 풀이

會宿(회숙) : 만나서 함께 밤을 지새다
滌蕩 : 물로 말끔히 씻어내다
良宵 : 좋은 밤
淸談 : 세속 명리와는 거리가 있는 고상하고 맑은 내용의 이야
　　　기
皓月 : 밝은 달
衾枕 : 이불과 베개

감 상

　기세가 도도하고 경계 또한 넓어서 리빠이의 시선(詩仙)다운 모습
을 엿볼 수 있는 작품이다. "하늘과 땅이 곧 이불이오 베개로다"라고
한 표현은 바로 무한공간에서의 노닐음이오 절대자유의 추구이다.

152

산중에서 은자와 함께 술을 마시다

당   리빠이

두 사람 마주앉아 술잔 기울이는데 산엔 꽃도 피었어라

한 잔 한 잔 또 한 잔

나 취하여 졸리우니 이 사람아 돌아가게나

내일 아침 또 생각나거든 거문고나 안고 오시게

山中與幽人對酌

唐   李白

兩人對酌山花開,	양인대작산화개
一杯一杯復一杯.	일배일배부일배
我醉欲眠卿且去,	아취욕면경차거
明朝有意抱琴來.	명조유의포금래

幽人(유인) : 속세를 떠나 조용히 살아가는 사람
卿 : 남자 성인 사이에서 상대방을 높여 부르는 말

감 상

매우 단순한 짜임의 시이지만 그 속에 자유분방한 시인의 생활 풍모가 잘 드러나 있다. "나 이제 졸리우니 그대는 그만 돌아가시게"라고 말할 수 있는 솔직함이 좋고, "내일 아침 술 생각나거든 거문고나 안고 오시게"하고 술 마시는 분위기의 격조를 높여나가려는 시인의 호탕함과 미래지향적 태도가 이 시를 읽는 사람들을 즐겁게 한다.

사람 미치게 하는 봄

당   두푸

강가 온통 꽃으로 화사하니 이를 어쩌나

이 소식 알릴 곳 없으니 그저 미칠 지경

서둘러 남쪽 마을로 술친구 찾아갔더니

그마저 열흘 전에 술 마시러 나가고 침상만 덩그랗네

江畔獨步尋花

唐   杜甫

江上被花惱不徹,   강상피화뇌불철
無處告訴只顚狂.   무처고소지전광
走覓南隣愛酒伴,   주멱남린애주반
經旬出飮獨空床.   경순출음독공상

惱不徹 : 걱정거리를 해결할 방도가 없다
顚 狂 : 미칠 지경이 되다
走 覓 : 서둘러 찾아 나서다

감 상

꽃 피는 봄이 오면 사람들의 마음도 설렌다. 궁리 끝에 평소 함께 곧잘
술 마시던 친구 찾아 나섰으나 헛일이었다. 그 친구가 한발 앞서 술 마시러
집을 비우고 떠난 것이다. 화사한 봄날의 흥분을 감동적으로 묘사한 작품이다.

작 자

두푸(杜甫 : 712~770)의 자는 자미(子美). 35세 때 고향을 떠나 창안(長安)으
로 와서 벼슬자리를 구하다가 뜻을 이루지 못하고 10년 세월을 보냈다. 그러다
가 안루산(安祿山), 스쓰밍(史思明)의 난리를 만나 갖은 고생을 다 맛보았다. 현
종(玄宗)의 뒤를 이은 숙종(肅宗)때에 좌습유(左拾遺)의 벼슬을 얻었으나 직언
으로 간하다가 화주사공참군(華州司功參軍)으로 좌천되었다. 48세 때 벼슬을 버
리고 촉(蜀)으로 들어가 절도사(節度使) 옌우(嚴武)의 도움으로 청두(成都)에
정착하고 한때 검교공부원외랑(檢校工部員外郞) 벼슬을 하기도 하였다. 엄무가
죽은 후 57세 때 쓰촨(四川)을 떠나 후난(湖南)지방을 떠돌다가 59세 때 병들어
세상을 떠났다. 나라의 안위를 걱정하고 사회현실을 읊은 시를 많이 지어 시사
(詩史), 시성(詩聖)으로 불리기도 한다.

봄날의 향수

당   두푸

강물 파라니 새 더욱 희고

산 푸르니 꽃 불타는 듯 하구나

금년 봄도 또 이렇게 지나가니

어느 해 어느 날에나 고향에 돌아갈 수 있을까

絶句

唐   杜甫

江碧鳥逾白,   강벽조유백
山靑花欲燃.   산청화욕연
今春看又過,   금춘간우과
何日是歸年.   하일시귀년

逾 : 더욱. 愈와 통한다

감 상

   강물의 파란 색, 갈매기의 흰 색, 그리고 푸른 산과 빨간 꽃의 색상 대비가 매우 선명하다. 앞 두 구에서는 봄날 강가의 화사한 풍경을 사실적으로 묘사하고 있다. 여러 해 객지를 표류하는 시인에게는 계절이 바뀔 때마다 문득문득 고향 산천의 봄이 그리워지는 것이다. 뒤 두 구에서는 그러한 마음을 표현한 것이다. 고향에 갈 수 있는 때를 날이나 달로 셈하지 않고 해로 셈하고 있어 고향 그리움이 더욱 간절하게 나타나 있다.

밤배 타고 가는 나그네

당   두푸

가는 풀 살랑 바람에 나부끼는 강 언덕

돛대 높이 세우고 이 밤을 홀로 떠가는 배

별 휘장처럼 드리운 들판 휑댕그레 넓은데

달빛 솟아오르는가 큰 강이 흐르네

이름을 어찌 문장으로 드러낸다 할 것이랴

늙고 병들었으니 벼슬도 이제는 그만

떠도는 이내 신세 무엇 같을까

하늘과 땅 사이 외로운 한 마리의 갈매기로다

旅夜書懷

唐　　杜甫

細草微風岸,	세초미풍안
危檣獨夜舟.	위장독야주
星垂平野濶,	성수평야활
月湧大江流.	월용대강류
名豈文章著,	명기문장저
官應老病休.	관응노병휴
飄飄何所似,	표표하소사
天地一沙鷗.	천지일사구

낱말 풀이

書懷 : 회포를 글로 써내다

危檣 : 높다란 돛대

飄飄 : 휠휠 바람에 날리는 모양

감상

늘고 병든 몸으로 밤배에 몸을 싣고 떠나는 두푸의 심경은 외롭고 쓸쓸하다. 두푸는 한때 시문으로 세상에 이름을 날려 보리라 생각도 했었다. 그러나 그것도 이제는 한낱 지나간 꿈이 되고 말았다.

시 후반부에 두푸의 애잔한 마음이 숨김없이 표출되어 있으나 전반부 특히 제3, 4구에서는 세상을 큰 눈으로 바라보는 큰 시인으로서의 의젓함이 엿보인다.

봄밤에 내리는 반가운 비

당   두푸

좋은 비 시절을 알아

봄이 되니 이내 내리기 시작하네

바람 따라 밤에 몰래 스며들어

소리 없이 촉촉이 만물을 적시네

들판길 구름 함께 낮게 깔려 어둡고

강 위에 뜬 배 불만 밝구나

이른 아침 붉으레 젖은 곳을 보니

금관성에 꽃들 활짝 피었구나

春夜喜雨

唐　　杜甫

好雨知時節,	호우지시절
當春乃發生.	당춘내발생
隨風潛入夜,	수풍잠입야
潤物細無聲.	윤물세무성
野徑雲俱黑,	야경운구흑
江船火獨明.	강선화독명
曉看紅濕處,	효간홍습처
花重錦官城.	화중금관성

낱말 풀이

喜　雨 : 비가 내리는 것을 기뻐하다

野　徑 : 들녘에 나 있는 길

錦官城(진꽌청) : 지금의 쓰촨(四川)성 청두(成都). 당나라 때에
　　　　　　　는 이곳에 국가에서 비단 생산을 관장하는 기
　　　　　　　구가 설치되어 있었다 해서 생긴 이름

봄비는 겨울동안 얼었던 땅을 촉촉이 적셔 녹이고 초목을 소생
시킨다. 그리고 봄 농사를 짓는데도 꼭 필요하다. 그러기에 특히
농촌 사람들은 봄비를 반긴다. 두보도 초저녁부터 내리는 비를
반겨 뜬눈으로 밤을 새우며 귀로 듣고 눈으로 살폈다. 시 전체를
통하여 건강하고 유쾌한 정취가 넘쳐흐른다.

어머님의 마음

당   멍쟈오

어머님이 손에 실과 바늘 들고서

길 떠나는 아들의 옷을 지으시네

출발에 즈음하여 촘촘히 꿰매시는 것은

그 아들 늦게 늦게 돌아올 것 걱정되어서라네

그 누가 말하는가 풀잎 같은 자식의 마음이

봄날 햇볕 같은 어머님 은혜에 보답할 수 있다고

遊子吟

唐　　孟郊

慈母手中線,	자모수중선
遊子身上衣.	유자신상의
臨行密密縫,	임행밀밀봉
意恐遲遲歸.	의공지지귀
誰言寸草心,	수언촌초심
報得三春暉.	보득삼춘휘

낱말 풀이

遊　子 : 외지로 떠나는 아들
手中線 : 손에 든 실. 바늘의 뜻이 함께 담겨 있다.
寸草心 : 한 치만큼 자란 봄 풀 같은 아들의 마음
三春暉 : 봄날 내내 따사롭게 비추는 햇볕 같은 어머님 은혜

감상

자식을 사랑하는 어머님의 마음은 하늘만큼 높고 바다만큼 깊

166

다. 그리고 봄날 내내 따사롭게 비추는 햇볕처럼 자애롭다. 이처럼 높고 깊고 따스한 어머님 은혜에 이 세상 그 어느 자식이 보답할 수 있겠는가.

작자

멍쟈오(孟郊 : 751~814)의 자는 동야(東野)이다. 49세의 나이로 늦게 진사에 합격하여 한 때 낮은 벼슬을 지내기도 하였다. 그의 시에는 기벽한 언어가 많이 사용되었고 자신의 곤궁한 생활과 백성들의 고통을 많이 읊었다. 난삽하고 까다로운 시풍이 있어 쟈따오(賈島)와 함께 '교한도수(郊寒島瘦)'로 평해지기도 한다. 저술로 '맹동야집(孟東野集)'이 있다.

모란이 지는 밤에

당 빠이쥐이

아, 섬돌 앞 붉은 모란

해질 녘 고즈넉이 두 가지만 남았구나

내일 아침 바람 불면 그나마 지고 말 것

지는 꽃 아쉬워 이 밤을 불 밝히고 들여다본다네

惜牡丹花

唐 白居易

惆悵階前紅牡丹,	추창계전홍모단
晚來唯有兩枝殘.	만래유유양지잔
明朝風起應吹盡,	명조풍기응취진
夜惜衰紅把火看.	야석쇠홍파화간

惆 悵 : 슬퍼하다, 안타까워하다
把火看 : 불을 밝혀 들고 보다

감 상

당 두푸(杜甫)는 꽃잎 하나 지면 봄이 그만큼 사그러든다고 읊었다. 시인은 지다 남은 모란꽃 두 가지가 다음날 아침 바람 불면 마저 져버릴 것이 안타까워 밤중에 불을 밝히고 그 꽃 들여다본다 하였다.

송(宋) 쑤스(蘇軾)은 해당화가 밤에 잠이 들까 걱정되어 촛불 높이 밝혀 들었다 하였고, 송(宋) 왕안스(王安石)은 지는 꽃잎이 티끌 먼지에 더럽혀질까봐 땅바닥을 미리 쓸어 놓는다 하였다. 이들 모두의 꽃 사랑이 참으로 지극하다 할만하다.

작 자

빠이쥐이(白居易 : 772~846)의 자는 낙천(樂天)이고 만년에 스스로 향산거시(香山居士)라 불렀다. 벼슬은 비서성교서랑(秘書省校書郎), 한림학사(翰林學士) 등을 지냈다. 상소문을 올렸다가 권세가들의 미움을 사 쟝죠우사마(江州司馬)로 좌천되기도 하였다. 후에 조정으로 돌아와 중서사인(中書舍人)을 지냈고 외직으로 항죠우(杭州), 쑤죠우(蘇州) 등지의 자사(刺史)를 지냈다. 만년에는 태자소부(太子少傅)까지 지냈고 형부상서(刑部尚書)로 벼슬을 마감하였다.
저술로 '백씨장경집(白氏長慶集)' 71권이 있다.

나무를 심지 말라

당　리허

뜰 가운데 나무를 심지 말라

나무를 심으면 사계절 두고두고 근심이 따르니라

달빛 비치는 남쪽 창 가 침상에 누워 홀로 잠을 청하
자니

금년 가을이 지난 해 가을만 같구나

莫種樹

唐　李賀

園中莫種樹,　원중막종수
種樹四時愁.　종수사시수
獨睡南牀月,　독수남상월
今秋似去秋.　금추사거추

種 樹 : 나무를 심다

南牀月 : 달빛이 비치는 남쪽 창가에 놓여 있는 침상

감 상

시인은 사람들이 마음 속에 품고 있는 욕망이나 편견 또는 집착을 나무를 심는 행위로 비유하여 이의 절제를 권하고 있다. 그리고 달빛 아래 홀로 잠을 청하면서 시공(時空)을 초탈하는 지혜를 슬쩍 이 시를 읽는 이들에게 내비치고 있다.

작 자

리 허(李賀 : 790~816)는 자가 장길(長吉)이다. 몰락한 종실(宗室)의 후예로 평생 뜻을 펴지 못하고 27세의 나이로 세상을 떠났다. 그의 시는 낭만적인 색채와 염정적 색채를 함께 띠고 있으며, 기괴하고 환상적인 내용을 많이 다루었다. 저술로는 '이장길집(李長吉集)'이 전한다.

떠나는 님에게

당   두무

다정함이 도무지 무정한 것만 같아

임 앞에 마주앉아 웃는 얼굴 지을 수 없네

촛불은 제가 이별을 아쉬워하는 마음 있음인가

사람을 대신하여 밤새도록 눈물 흘리네

贈別

唐   杜牧

多情却似總無情,   다정각사총무정
惟覺尊前笑不成.   유각존전소불성
蠟燭有心還惜別,   납촉유심환석별
替人垂淚到天明.   체인수루도천명

却似 : 사물의 형상이나 사람의 언행이 실체나 본심과는 달리
    나타나 보이는 것을 말한다
尊前 : 님의 앞. 대부분 주석 본에서는 존(尊)을 준(樽)의 뜻으로
    풀이하고 있다

감 상

극에 달한 감정상태에서 사람들은 흔히 실제 감정상태와는 다
른 표현을 한다. 기쁜 눈물, 슬픈 미소들이 그 예이다.
시인은 제 3, 4 구에서 "촛불이 이별을 아쉬워함인가 사람을 대
신하여 밤새도록 눈물을 흘린다"고 말함으로써 자기의 현재의 감
정을 솔직하게 나타낼 수 없는 상황을 역설적으로 극대화하고 있
다.

작 자

두 무(杜牧 : 803~852)은 자가 목지(牧之)이고 호는 번천(樊川)이다. 두목은
만당 때의 이름난 시인이오 산문가로 성당 때의 두보와 구분하기 위하여 '소두
(小杜)'라고도 부른다. 역사가요 승상까지 지낸 두유(杜佑)의 손자이다. 여러 곳
의 자사(刺史)를 지냈고 중서사인(中書舍人)벼슬까지 지냈다.
지방의 관리를 지낼 때 접했던 강남의 자연풍경을 시로 많이 읊었고, 우국의
정서를 담은 영사시(詠史詩)나 영회시(詠懷詩)도 많이 지었다. 저술로는 '번천문
집(樊川文集)' 20권이 있다.

173

비 내리는 청명절

당   두무

청명 때가 되니 보슬보슬 비 내리는데

길 가는 나그네 외로워 마음 자지러지네

주막집 있는 곳 어디쯤이냐 물으니

목동은 말없이 저만치 살구꽃 핀 마을을 가리키네

淸明

唐   杜牧

淸明時節雨紛紛,   청명시절우분분
路上行人欲斷魂.   노상행인욕단혼
借問酒家何處有,   차문주가하처유
牧童遙指杏花村.   목동요지행화촌

淸　明 : 24절기 중 다섯 번째. 양력으로 4월 5일 또는 6일에
　　　　해당한다. 이때쯤에는 비가 자주 내린다.
欲斷魂 : 몸과 마음이 지치고 외로워 깊은 시름에 잠기거나 무
　　　　엇인가에 크게 감동되어 넋을 잃을 지경이 되다.
杏花村 : 원래는 중국 안휘성 내의 한 지명인데 여기서는 '살구
　　　　꽃 핀 마을'이라는 뜻을 지닌 일반명사로 쓰이고 있다.

감 상

봄날 보슬비를 맞으며 길을 가는 나그네의 심경과 살구꽃이 핀
농촌의 풍경이 한데 어우러져 한 폭의 그림을 연상케 한다. 나그
네가 묻는 말에 목동이 말없이 손가락으로 가리키는 살구꽃이 핀
마을, 그 곳에 가면 나그네는 비를 피하고 몸과 마음도 잠시 휴식
을 취할 수 있을 것이다.

강변의 누각에서

당   자오쟈

홀로 강변의 누각에 오르니 생각은 아득히 옛날로 치
닫는데

달빛이 강물 같고 강물이 달빛 같네

함께 와서 달 바라보던 그 사람 지금은 어디

풍경은 그대로 지난해만 같은데

江樓書感

唐   趙嘏

獨上江樓思渺然,　　독상강루사묘연
月光如水水如天.　　월광여수수여천
同來望月人何處,　　동래망월인하처
風景依稀似去年.　　풍경의희사거년

176

江樓 : 강변에 세워진 누각
渺然 : 아득한 모양
依稀 : 어렴풋이, 크게 변화됨이 없이

감 상

전편 4구가 각각 독립된 뜻을 지니고 있으면서 자연스럽게 하나의 뜻으로 엮어져 있다. 제1구의 '獨上'과 제3구의 '同來' 사이의 변화가 이 시의 주제이다. 자연의 항상 불변과 인간세상의 변화무상을 대비시켜 그 속에 외로움과 그리움을 담아내고 있다.

작 자

자오쟈(趙嘏 : 806~852?)는 칠언율시(七言律詩)에 뛰어났다. 벼슬은 위남현위(渭南縣尉)를 지냈다. 저술로는 '위남집(渭南集)'이 있다.

기와 굽는 사람

문 앞의 흙 다 파다 구웠지만

제집 지붕에는 기와 한 장 없네

열 손가락에 진흙 한 점 묻히지 않고도

누구는 고래등같은 기와집에 살기도 하는데

陶者

宋   梅堯臣

陶盡門前土,	도진문전토
屋上無片瓦,	옥상무편와
十指不霑泥,	십지불점니
鱗鱗居大廈,	린린거대하

陶者 : 옹기나 기와를 구워서 만드는 사람. 도진(陶盡)은 다 굽다의 뜻. 도(陶)가 동사로 쓰인 경우다.

鱗鱗 : 물고기의 비늘이 빽빽한 모양. 여기서는 지붕 위의 기와가 물고기 비늘처럼 화려하게 얹혀 있는 모양을 묘사한 것이다.

감 상

사회 계층간의 격차가 심한 것을 고발한 작품이다.

작 자

메이야오쳔(梅堯臣 : 1002~1060)의 자는 성유(聖兪). 안후이 셴청(安徽 宣城) 사람인데 셴청의 옛날 이름이 완릉(宛陵)이어서 완릉선생이라 불리기도 한다. 평생 벼슬 운이 없어 어렵게 살았다. 저술로는 '완릉선생문집(宛陵先生文集)'이 있다.

풍락정 봄놀이

송 오우양슈

붉은 꽃 푸른 산 해가 지는데

넓은 들녘 풀빛은 끝없이 푸르르다

상춘객은 가는 봄 아랑곳하지 않고

정자 앞 오가며 지는 꽃잎 마구 밟네

豊樂亭遊春

宋 歐陽修

紅樹靑山日欲斜,	홍수청산일욕사
長郊草色綠無涯,	장교초색녹무애
遊人不管春將老,	유인불관춘장로
來往亭前踏落花,	내왕정전답낙화

豊樂亭 : 구양수가 츄조우지사(滁州知事)로 있을 때 경치 좋은
　　　　곳을 골라 지은 정자
春將老 : 봄이 지나가려 하다

감 상

　제1, 2구는 늦봄 석양 풍락정 주변의 풍광을 묘사하고 있는데
색채의 배합이 선명하다. 제3, 4구에서는 봄을 제대로 아낄 줄 모
르는 사람들의 경망한 놀이 행태를 꼬집은 것이다.

작 자

　오우양슈(歐陽修 : 1007~1072)의 자는 영숙(永叔)이고, 호는 취옹(醉翁) 또
는 육일거사(六一居士). 송 인종 때 임금에게 직언을 하고 판중옌(范仲淹) 등과
정치개혁을 요구하다가 츄조우(滁州) 등지로 좌천되기도 하였다. 벼슬은 추밀부
사(樞密副使), 참지정사(參知政事)까지 지냈다. 북송 때의 이름난 문인으로 시,
문에 모두 능했다. '당솔팔대가(唐宋八大家)' 가운데의 한 사람이다. 저술로는
'구양문충공집(歐陽文忠公集)'이 있다.

봄 풀

송   류 창

이름도 모를 봄풀이 연이어서

강변 들녘에 마구 자라는데

수레 내왕 잦은 번화한 곳은 풀도 싫어서인지

성문 들어서자 그만 자라지 않네

春草

宋   劉敞

春草綿綿不可名,	춘초면면불가명
水邊原上亂抽莖,	수변원상난추경
似嫌車馬繁華處,	사혐거마번화처
纔入城門便不生,	재입성문변불생

綿綿 : 끊이지 않고 이어지는 모양
抽莖 : 줄기를 뽑아 올리다
似嫌 : …을 싫어하는 것처럼 보이다

감 상

  추운 겨울이 가고 봄이 되어 얼었던 대지가 녹으면 풀들이 돋아
난다. 이는 천지자연의 순환현상이오 생명의 신비이다. 그런데 교
통이 빈번하고 많은 사람들이 모여드는 도시에서는 풀조차 제대
로 자라지 못한다. 그런 곳은 사람들이 살기에도 좋지 않을 것임
이 분명하다.

작 자

  류 창(劉敞 : 1019~1068)의 자는 원부(原父)이고, 호는 공시(公是)이다. 지제
고(知制誥), 한림학사(翰林學士), 난징어사대판윤(南京御史台判尹) 등의 벼슬을
지냈다. 경학가이면서 시도 많이 지었으나 학자적인 티를 벗어나지 못했다는
평을 들었다. 저술로는 '공시집(公是集)' '춘추권형(春秋權衡)' 등이 있다.

비 온 뒤의 연못

송   류판

비 개인 뒤 연못 잔잔한데

거울 같은 수면 위에 처마 그림자 비치네

동풍이 건듯 불어 수양버들 하늘거리더니

연 잎에 후드득 물방울 떨구네

雨後池上

宋   劉攽

一雨池塘水面平,　　일우지당수면평
淡磨明鏡照檐影.　　담마명경조첨영
東風忽起垂楊舞,　　동풍홀기수양무
更作荷心萬點聲.　　갱작하심만점성

淡磨明鏡 : 잘 연마하여 만든 밝은 거울
荷心 : 연잎의 한 가운데

감 상

비 온 뒤 산뜻한 느낌을 주는 연못 가 풍경을 읊은 시이다. 연못
가 버드나무 가지에 맺혔던 물방울이 바람에 흔들려 연잎 위에
떨어져 후드득 내는 소리가 귀에 들리는 듯하다.

작 자

류판(劉攽 : 1023~1089)은 자가 공부(貢父)이고 호는 공비(公非)이다. 지방
의 행정 책임자로 있을 때 왕안스(王安石)의 신법(新法)을 성실하게 따르지 않
는다 하여 좌천되기도 하였다. 쓰마꽝(司馬光)이 '자치통감(資治通鑑)'을 편찬할
때 한대(漢代) 부분을 분담하였다. 저술로 '팽성집(彭城集)'이 있다.

여산의 참 모습

송 쑤스

옆으로 보면 산줄기 가로 보면 봉우리

멀고 가깝고 높고 낮게 저마다 다르구나

여산의 참 모습 알 수가 없는 건

내가 이 산 속에 있기 때문

題西林壁

宋 蘇軾

橫看成嶺側成峰,	횡간성령측성봉
遠近高低各不同.	원근고저각부동
不識廬山眞面目,	부식여산진면목
只緣身在此山中.	지연신재차산중

186

題壁 : 벽에 글을 써 넣다
西林 : 여산 기슭에 있는 서림사
只緣 : 오로지 …때문

감 상

"장님이 코끼리 만지듯 한다"는 말은 일정한 사물의 형상을 전체로 파악하지 못하고 그 일부만을 감각적으로 느낀다는 뜻이다. 전체를 보려면 대상 사물을 객관화 시켜야 한다. 스스로가 그 속에 빠져 있으면 전체를 볼 수 없다.

작 자

쑤스(蘇軾 : 1037~1101)는 자가 자첨(子瞻)이고 호는 동파거사(東坡居士)이다. 벼슬은 예부상서(禮部尙書)에까지 이르렀다. 저술에 '동파칠집(東坡七集)' 110권이 있다.

옛동산

송   루 유

마을 남쪽 마을 북쪽 뻐꾸기 소리

뾰죽뾰죽 모 끝 솟은 질펀한 무논

세상 끝 천리 만리 두루 다녔던 몸이

지금은 이웃집 영감에게서 봄 농사 배운다네

小園

宋   陸游

村南村北鷓鴣聲,	촌남촌북발고성
水刺新秧漫漫平.	수자신앙만만평
行遍天涯千萬里,	행편천애천만리
却從鄰父學春耕.	각종인부학춘경

188

鵓鴣 : 뻐꾸기
新秧 : 새로 심은 묘
行遍天涯 : 세상 끝까지 두루 돌아다니다
春耕 : 봄 농사

감 상

　시인 루유는 금(金)나라에 빼앗긴 북쪽 땅의 회복을 위하여 평생 동분서주하다가 끝내 뜻을 이루지 못하고 만년 고향에 돌아와 살았다. 큰 뜻을 이루지 못하고 어줍잖게 농사나 짓게 된 신세에 대한 회한이 서려 있다.

작 자

　루 유(陸游 : 1125~1210)는 자가 무관(務觀)이고 호는 방옹(放翁)이다. 벼슬은 보장각대제(寶章閣待制)까지 지냈고 저술로는 '검남시고(劍南詩稿)' 85권, '위남문집(渭南文集)' 50권, '남당서(南唐書)' 18권, '노학암필기(老學庵筆記)' 10권이 있다.

봄을 짜는 꾀꼬리

송 류커좡

버드나무로 교목으로 다정스레 옮겨 다니며

꾀꼴꾀꼴 때때로 베틀소리를 낸다

낙양의 3월 꽃이 비단처럼 화사한데

얼마나 많은 공력 들여 짜낸 것일까

鶯梭

宋 劉克莊

擲柳遷喬太有情,   척류천교태유정
交交時作弄機聲.   교교시작농기성
洛陽三月花如錦,   낙양삼월화여금
多少工夫織得成.   다소공부직득성

鶯 梭(앵사) : 꾀꼬리가 베틀의 북처럼 이 나무 저 나무 사이를
　　　　　　오고가는 모양을 형용한 말
交　交 : 꾀꼬리가 내는 소리. 의성어
弄機聲 : 베틀을 조작하는 소리

감 상

　낙양의 3월은 꽃이 비단처럼 화사하다. 시인은 그러한 풍경을
꾀꼬리가 이 나무, 저 나무 사이를 부지런히 오가면서 짜낸 것이
라고 묘사하고 있어 발상 자체가 즐겁다. 제목도 꾀꼬리가 베틀의
북처럼 이 나무 저 나무 사이를 오가는 모습을 비유한 것이다.

작 자

　류커좡(劉克莊 : 1187~1269)의 자는 잠부(潛夫)이고 호는 후촌거사(後村居
士)이다. 남송 때의 이름난 사인(詞人)이오 시인이다. 벼슬은 젠양령(建陽令),
비서감(秘書監), 공부상서겸시독(工部尙書兼侍讀), 용도각학사(龍圖閣學士) 등
을 역임하였다. 지은 시의 내용 때문에 곤욕을 겪었으나 쇠망해 가는 나라에
대한 비탄과 백성들의 고통을 안타까워하는 시를 많이 지어 강호파(江湖派)의
중심인물로 지목된다. 저술로는 '후촌선생대전집(後村先生大全集)'이 전해진다.

산에서 제자들에게

명   왕소우인

시냇가에 앉아서 흐르는 물 바라보니

흘러가는 물 따라 내 마음도 한가롭네

산중에 달이 뜬 줄 몰랐는데

소나무 그림자 옷자락에 얼룩이네

山中示諸生

明   王守仁

溪邊坐流水,	계변좌유수
水流心共閑.	수류심공한
不知山月上,	부지산월상
松影落衣斑.	송영낙의반

諸生 : 여러 제자들

왕소우인은 시인이라기 보다는 이학가(理學家)로 더 많이 알려져 있다. 산중 계곡 물가에 앉아 깊은 사색에 잠겨 시간의 흐름조차 잊은 시인의 모습이나 달빛 받아 옷자락 위에 소나무 그림자 얼룩인다는 표현 등을 통하여 사람들로 하여금 청정심으로 돌아가 깊은 이치에 한 발 다가서게 한다.

왕소우인(王守仁 : 1472~1529)은 자가 백안(伯安)이고, 스스로 호를 양명자(陽明子)라 불렀다. 왕양밍(王陽明)이라는 칭호로 많이 알려져 있다. 명대의 철학가요 교육가이다. 그의 글은 경계가 넓고 시 또한 의경이 맑고 운치가 빼어났다. 저술로 '양명전집(陽明全集)'이 있다.

조물주가 잘못 그린 가을풍경

청 장챠오

녹음에다 단청칠 그 누가 했나

파란 하늘 흰 구름 속 붉은 구슬 향 머금었네

조물주가 술에 취해 붓 휘어잡고서

가을을 봄으로 그렸음일레라

山行咏紅葉

淸　蔣超

誰把丹靑抹樹陰,　　수파단청말수음
冷香紅玉碧雲深.　　냉향홍옥벽운심
天公醉後橫拖筆,　　천공취후횡타필
顚倒春秋花木心.　　전도춘추화목심

194

丹靑 : 옛날에 사용하던 회화용 안료. 오늘날 남아 있는 옛날
　　　목조건물, 특히 사찰이나 누각에는 지금도 단청으로 칠
　　　을 한다
天公 : 조물주
橫拖筆 : 붓을 획 가로로 휘어잡다
顚倒 : 거꾸로 뒤집다
春秋花木心 : 봄철의 꽃이나 나무의 색상이나 향기 또는 생태와
　　　　　가을철의 그것이 각기 다르다는 것을 가리키는
　　　　　말

감 상

　계절의 변화는 참으로 경이롭다. 봄철의 화사함이 여름에는 짙
푸름으로 바뀌고 가을이 되면 또 단풍 든 잎의 색이 눈부시다.
그리고 겨울에는 눈이 덮이고 얼음이 얼어 삭막한 느낌을 준다.
시인은 가을 단풍이 봄꽃보다 아름다운데 그것은 조물주가 술에
취하여 봄과 가을 풍경을 뒤바꾸어 놓았기 때문이라고 말함으로
써 신화적 분위기를 해학적으로 연출하고 있다. 당(唐) 두무(杜
牧)이 <山行>에서 "서리맞은 잎이 2월의 꽃보다 더 붉다(霜葉紅
於二月花)"라고 한 표현과 일맥상통하는 바가 있다.

　쟝챠오(蔣超 : 1624~1673)는 자가 호신(虎臣)이고 고신(岵愼)이라고도 불렀
다. 벼슬은 한림원편수(翰林院編修)까지 지냈다. 산수를 좋아하여 중국의 이름
난 산을 두루 돌아다녔다. 저술로 '수암집(綏庵集)' '아미산지(峨帽山志)' 등이
있다.

달을 깔고 앉아서

청   웅쟈오

달 밝은 밤 조용히 앉아

홀로 읊조리는 소리에 서늘함이 출렁이네

개울 건너 늙은 학이 찾아와

매화꽃 그림자를 밟아 부수네

梅花塢坐月

清   翁照

靜坐月明中,	정좌월명중
孤吟破淸冷.	고음파청랭
隔溪老鶴來,	격계노학래
踏碎梅花影.	답쇄매화영

梅花塢 : 매화가 피어있는 언덕. 塢는 언덕 오.

감 상

 고요한 달밤 시인이 매화가 피어있는 언덕에 앉아 한 소리 읊조리는데 늙은 학 한 마리가 그 긴 다리로 성큼성큼 개울을 건너와 함께 어울리는 장면은 마치 한 폭의 신선도를 보는 느낌이다. 시인이 읊조리는 소리에 밤 공기가 출렁이고 학이 매화 그림자를 밟아 부순다는 표현은 매우 감각적이다.

작 자

 웅쟈오(翁照 : 1677~1755)는 자가 낭부(朗夫)이다. 저술로 '사서당시문집(賜書堂詩文集)'이 있다.

대나무 그림

청   리팡잉

사람들 속된 병에 걸리면 고치기가 어렵다는데

기백(岐伯)의 처방인즉 대나무가 제일이라

먹물 아직 마르지 않고 갓 붓을 놓았는데

맑은 바람이 벌써 창자 속 진흙을 말끔히 씻어주네

竹石軸

淸   李方膺

人逢俗病便難醫,　　　인봉속병변난의
岐伯良方竹最宜.　　　기백양방죽최의
墨汁未乾纔擱筆,　　　묵즙미건재각필
淸風已淨肺腸泥.　　　청풍이정폐장니

竹石軸 : 바위와 대나무가 어우러진 모양을 그린 그림 족자
岐 伯 : 중국 황제(黃帝)때 사람으로 의술에 능하였다고 전해짐
良 方 : 좋은 처방

감 상

　옛날부터 선비들은 매화, 난초, 국화, 대나무를 사군자(四君子)
로 일컫고 이것들을 가까이에 두고 그 덕성을 배우려 하였다.
그리하여 이들을 울안에 심거나 그림으로 그리고 때로는 술도 담
아 마셨다. 그 가운데서도 특히 대나무는 속된 병에 걸린 사람을
치료하는 데 효과가 있다고 알려져 왔다.
　리팡잉은 대나무를 즐겨 그렸는데 그림의 먹물이 채 마르기도
전에 그림에서 맑은 바람이 일어 사람 속을 깨끗이 씻어 준다고
그림의 치병효과를 설명하고 있다. 오늘날에도 일부 선진의식을
지닌 의사들은 사람의 병을 치료하는 데 음악이나 그림을 활용하
기도 한다.

작 자

　리팡잉(李方膺 : 1695~1755)은 청대의 저명한 화가로, 자가 규중(虬 仲)
이고 호는 청강(晴江) 또는 추지(秋池), 억원(抑園) 등 여러 가지다. 몇 차례 지방
의 수령 벼슬을 하였으나 그 때마다 죄과를 추궁 받아 파직되었고, 그 뒤로는
그림을 팔아 생계를 꾸렸다. 이른바 '양주팔괴(揚州八怪)' 가운데의 한 사람이다.

봄처녀

청   쟝웨이핑

대자연 말 없으되 생각이 있어

겨울 가면 뒤이어 봄이 온다네

울긋불긋 별의별 꽃 다 마련해 두고

우르릉 천둥소리 한번 울리기만 기다린다네

新雷

淸   張維屛

造物無言却有情,   조물무언각유정
每于寒盡覺春生.   매우한진각춘생
千紅萬紫安排着,   천홍만자안배착
只待新雷第一聲.   지대신뢰제일성

造物 : 조물주
寒盡 : 추위가 다 지나가다. 겨울이 지나가다.
千紅萬紫 : 천만가지 꽃의 울긋불긋한 색
安排 : 알맞게 마련하다. 준비하다.

감 상

겨울이 가면 봄이 오는 것은 대자연의 순환질서이다. 그러나 시인은 이를 단순한 현상으로만 보지 않고 조물주가 마련하는 하나의 연회로 본 것이다. 제 4구의 표현은 연극무대의 개막을 알리는 징 소리를 연상케 한다.

작 자

쟝웨이핑(張維屛 : 1780~1859)은 자가 자수(子樹)이고, 호는 남산(南山) 또는 송심자(松心子). 벼슬은 난캉지부(南康知府)까지 지냈다. 쟈칭(嘉慶), 따오꽝(道光)년 간의 이름난 시인이다. 초기에는 생활주변의 사물을 시로 많이 읊었으나, 만년에는 외세침략의 만행을 눈으로 보고 애국정서를 시로 담아내기도 하였다. 저술로는 '송심시집(松心詩集)' '국조시인징략(國朝詩人徵略' 등이 있다.

얄미운 새벽닭

어서 길나서라고 닭이 울어대어

떠나는 임 전송하고 우린 동과 서로 헤어졌네

강물 서쪽으로 흐르도록 되돌릴 길 없으니

이제부턴 새벽에 우는 닭 기르지 않으리

山歌

催人出門鷄亂啼,   최인출문계난제
送人離別水東西.   송인이별수동서
挽水西流想無法,   만수서류상무법
從今不養五更鷄.   종금불양오경계

挽水西流 : 동쪽으로 흐르는 물을 서쪽으로 흐르도록 되돌리다
五 更 鷄 : 새벽에 우는 닭

감 상

날이 새면 임을 떠나보내야 하는 사람에게는 새벽이 오는 것이 싫다. 그러나 어쩌하랴, 새벽은 밤을 뚫고 찾아온다. 그리고 닭이 새벽을 알린다. 임은 배를 타고 동쪽으로 떠나갔다. 동쪽으로 흐르는 강물을 다시 서쪽으로 흐르도록 할 수는 없다. 옳지, 새벽을 알리는 닭을 집에 기르지 말자.

치졸한 발상 속에 임과의 이별을 아쉬워하는 정이 짙게 배어있다.

작 자

황준시엔(黃遵憲 : 1848~1905)은 청말의 개량주의자. 자가 공도(公度)이고 오는 인경려주인(人境廬主人)이다. 일본, 영국, 미국, 싱가포르 등지에서 외교관 생활을 했었고 귀국 후에는 캉유웨이(康有爲), 량치챠오(梁啓超) 등이 중심이 된 정치개혁 운동에도 적극 가담하였다. 무술변법(戊戌變法)이 실패로 돌아가자 파직되어 낙향하였다.

'시계혁명(詩界革命)'을 제창하였고 '내 손으로 내 입에서 나오는 말을 쓴다' (我手寫我口)는 주장을 내세웠다. 그의 시는 기세가 활달하고 통속적인 표현을 많이 사용하였다. 저술에 '인경려시초(人境廬詩草)'가 있다.

눈 속에 핀 매화

송   루메이퍼

매화 있고 눈 없으면 산뜻하지 못하고

눈 있고 시 없으면 사람 속되게 하는데

해질 녘 시 이루고 또 눈까지 오니

매화와 어우러져 얼씨구 봄이로다

雪梅

宋   盧梅坡

有梅無雪不精神,   유매무설부정신
有雪無詩俗了人.   유설무시속료인
日暮詩成天又雪,   일모시성천우설
與梅幷作十分春.   여매병작십분춘

精神 : 반짝 정신이 들다. 본디 추상명사이지만 여기서는 형용사 술어로 쓰였다.

감 상

매화는 눈 속에서 꽃을 피운다 하여 설중매(雪中梅)로 불리기도 한다. 그리고 가장 먼저 핀다 하여 '봄의 전령'이라고 일컬어지기도 한다. 매화는 눈 속에서 피어야 제 격이고 눈 속에 핀 매화를 보고 시인이 이를 노래하면 그 격이 한결 높아진다. 달밤이면 그 정취가 더욱 어울리고.

저 자

루메이퍼(盧梅坡 : 생졸년 미상)는 송대(宋代)의 시인으로만 알려졌다.

농가의 새벽

송   화유에

닭 세 번 울고 날이 새려 하는데

아내는 밥그릇 물병을 벌써 다 챙겨 놓았네

남편은 농사 일 재촉이 행여 너무 이른가 하여

봉창 열고 새벽 하늘별을 쳐다보네

田家

宋   華岳

鷄唱三聲天欲明,	계창삼성천욕명
安排飯碗與茶瓶.	안배반완여차병
良人猶恐催耕早,	양인유공최경조
自扣蓬窓看曉星.	자차봉창간효성

安排 : 이것저것 다 챙겨놓다
良人 : 남편
催耕 : 논밭갈이를 재촉하다
蓬窓 : 농가의 벽에 나 있는 창

감 상

　농촌의 새벽은 닭 울음소리로 열린다. 그리고 농부의 아내는 남편보다 먼저 일어나 남편이 들고 나갈 도시락과 물병을 준비하고 남편을 깨운다. 그런데 잠이 모자란 남편은 또 아내의 재촉이 너무 이른가 싶어 봉창을 열고 시간을 확인한다. 건강한 농가 정경이다.

작 자

　화유에(華岳 : 생졸년 미상)은 쟈딩(嘉定) 10년(1217) 무과 제일(武科第一) 출신이며 자는 자서(子西)이다. 호는 취미(翠微)이고 송 영종(寧宗)때 임금에게 글을 올려 재상 한차주(韓侘胄) 등의 죄상을 고발하였으나 오히려 옥에 갇히는 몸이 되기도 하였고 뒷날 승상 사미원(史彌遠)을 몰아내려다 계획이 사전에 발각되어 린안(臨安)의 감옥에서 죽임을 당하였다. 성품이 호방하여 시도 거침새가 없고 내용이 충실하고 변화가 많다. 저술로는 '취미남정록(翠微南征錄)' '취미북정록(翠微北征錄)'이 있다.

난초 향기

명   위퉁루

손수 난초 두 세 축 가꾸었는데

날씨 화창해지자 차례로 꽃을 피우네

한참을 앉았어도 방안에 향 있음을 모르겠더니

열어 놓은 창문으로 이따금 나비가 날아드네

咏蘭

明   余同麓

手培蘭蕊兩三栽,   수배난예양삼재
日暖風和次第開.   일난풍화차제개
坐久不知香在室,   좌구부지향재실
推窓時有蝶飛來.   추창시유접비래

手　培 : 손수 재배하다
次第開 : 차례로 꽃이 피다

감 상

　우리네 조상 님들은 매화, 난초, 국화, 대나무 네 가지 꽃과 나무
를 '사군자(四君子)'로 일컬으고 그들이 지니고 있는 군자적 덕성
을 배우려 하였다.
　제 3, 4 구는 난초 화분을 방안에 두고 오래 함께 있다 보니
익숙해져서 난 향을 몰랐는데 열어놓은 창으로 이따금 날아드는
나비가 있음으로 해서 난이 향을 뿜고 있음을 알게 되었다는 간접
묘사의 기법을 쓰고 있다.

작 자

　　위퉁루(余同麓 : 생졸년 미상)은 명대 사람으로만 알려졌다.

산중이라 달력이 없어서

당   타이상인저

어쩌다가 찾아온 소나무 밑

돌 베개 높이 베고 잠도 잔다네

산중이라 달력도 없어

겨울이 다 지나도 오는 해가 무슨 해인지를 모른다네

答人

唐   太上隱者

偶來松樹下,   우래송수하
高枕石頭眠.   고침석두면
山中無曆日,   산중무역일
寒盡不知年.   한진부지년

낱말 풀이

曆日 : 달력
寒盡 : 추위가 다 지나가다. 겨울이 지나가다

감 상

산중에 살면서 달력도 없어서 겨울이 가고 봄이 와도 연도가
어떻게 바뀌었는지 알지 못한다 하였으니 그야말로 천지 자연과
합일되는 생활이다. 오늘날 우리는 집집마다 사람마다 달력에 매
달려 살고 있고, 사람들 손목마다 시계를 차고 분초를 다투며 살
고 있는데 어느 쪽이 진정 건강하고 행복한 삶인지 모를 일이다.

작 자

타이상인저(太上隱者 : 생졸년 미상)는 '전당시(全唐詩)'에 그의 시 한 수가
수록되어 있다.

中國詩歌文學小史

중국 시가문학 발달사는 일반적으로 왕조 교체에 따른 시기구
분법을 채택하여 선진先秦, 진한秦漢, 위진남북조魏晋南北朝, 수당오
대隋唐五代, 송宋, 요금원遼金元, 명明, 청淸 등 몇 개 시기로 나누어
기술된다.

선진시기는 기원전 21세기 무렵에 출현한 하夏에서부터 상商,
주周, 춘추春秋, 전국戰國시대를 거쳐 진秦이 중원을 통일한 시기까
지를 포괄한다.

중국 상고上古시대의 시가작품은 그 내용이나 형식을 정확하게
파악하기가 어려울 뿐 아니라 전해내려 오는 것도 많지 못하다.
중국 시가문학사상 처음으로 출현한 시가총집은 <시경詩經>이다.
<시경>에는 서주西周 : 약 B. C. 11세기~B. C. 771 초년부터 춘추春秋 :
B. C. 770~B. C. 476 중엽까지 약 5백 년간에 걸쳐 생산된 시가작품
305편이 수록되어 있다. 전해오는 말에 의하면 쿵즈孔子가 주周 왕
실에 보존되어 있던 3,000여 편의 시가작품 가운데서 305편을 가
리고 뽑아 오늘날 우리가 볼 수 있는 체재와 형식으로 정리하였다
고 한다. <시경>은 원래 <시> 또는 <시 삼백詩三百>으로 불렸는
데 한대漢代에 와서 <시경>으로 높여 부르게 되었다.

전국戰國 : B. C. 475~B. C. 256 시대 후기 초楚나라의 취웬屈原을 중심으로 새로운 형식의 시가작품이 지어지기 시작하였는데 이 계열의 작품을 모은 것이 <초사楚辭>이다. 취웬이 지은 <이소離騷>를 대표적인 작품으로 친다.

중국 문학사에서는 <시경>을 북방시가문학의 집대성이오, <초사>를 남방시가문학의 총화라고 일컫기도 한다.

주周, 진秦이 멸망하고 이어 샹위項羽와의 싸움에서 류빵劉邦이 이겨 중원을 통일하고 한漢을 세웠는데 B. C. 202 한 왕조는 4백 년 동안이나 지속되었다. 한 대의 시가는 대부분 <시경>, <초사>의 형식을 모방하였고 악부민가樂府民歌가 많이 지어졌다. '고시십구수古詩十九首'는 동한東漢 : 25~220 시기 문인들에 의하여 지어진 오언시五言詩의 대표작이다.

동한 말년 챠오챠오曹操의 아들 챠오삐曹丕가 황제의 자리에 오르고 220, 이른바 '황건黃巾의 난'으로 사회가 혼란에 빠져들기 시작하여 양졘楊堅이 다시 중원을 통일하여 수隋를 세우기까지 : 589를 위진남북조魏晉南北朝 시기라고 한다.

한말 건안建安196~220 년 간에 활동한 챠오챠오曹操와 그의 두 아들 챠오삐曹丕, 챠오즈曹植와 왕찬王粲, 류전劉楨 등의 작품에는 강개한 기백이 넘쳐흘러 이를 '건안풍골建安風骨'이라 일컫기도 한다. 그런데 정시正始240~248 년 간에는 현실정치의 잔혹함 속에서 생명의 위협을 느낀 시인들이 은둔사상에 물들고 허무주의 경향을 띤 작품들을 많이 썼다. 허안何晏, 왕삐王弼, 지캉?康, 롼지阮籍 등이 대표적인 인물이다.

서진西晉 280~316 시기에는 시가작품이 점차 민가의 형식을 벗어나 유미주의적 경향을 띠고 태평세월을 노래하고 개인의 향락정

취를 읊는 도구로 변모하였다. 쟝화張華, 쟝자이張載, 쟝시에張協, 루지陸機, 루윈陸雲, 그리고 판니潘尼, 판유에潘岳, 쥬어쓰左思 등이 이 시기의 주요작가로 거론된다. 서진 말년에 출현한 현언시玄言詩는 동진東晉 317~420과 남조南朝 420~589에 이르러 전원산수시의 경향을 띠기 시작하였다. 동진 말년의 타오첸陶潛, 송 시에링윈謝靈雲, 제 시에탸오謝朓 등이 대표적인 작가들이다.

제齊 479~502, 양梁 502~557 시기에 이르러서는 성률설聲律說이 발달하여 율시律詩 형성의 기초가 이루어졌고 궁중생활을 읊는 화미한 '궁체시宮体詩'가 유행하기도 하였다. 샤오깡蕭綱과 진후주陳後主 등의 이름이 전한다.

남북조 민가는 <시경>의 '국풍國風'과 한대 악부민가의 전통을 이어받았는데 남조민가는 맑고 간드러진 맛을 지녔고 북조의 민가는 거칠고 세찬 풍격을 지녔다. <목란사木蘭辭>는 북조 민가의 대표적 작품이다.

수隋 581~618는 겨우 37년을 지탱할 수 있었을 뿐이다. 수 양제煬帝는 궁체시를 즐겼고, 루쓰따오盧思道, 시에따오헝薛道衡 등이 남긴 일부 변새시邊塞詩가 가까스로 당唐으로 넘어가는 과도기 문단의 명맥을 지킬 수 있었을 뿐이다.

리옌李淵, 리스민李世民 부자가 수를 멸망시키고 당唐 618~907을 세워 왕조가 약 300년 지속되었으나 당말에 쥬원朱溫이 당을 찬탈하고 후량後梁을 세우자 세상은 다시 오대십국五代十國의 혼란국면으로 접어들었다. 문학사가들은 후에 쟈오쾅인趙匡胤이 다시 중원을 통일할 때까지를 수당오대隋唐五代로 통칭하는데 이 시기 사가문학의 주류는 말할 것도 없이 당시唐詩이다.

당은 중국문학사상 시가문학의 황금시대이다. 명 까오빙高棅은 그의 <당시품휘唐詩品彙>에서 당 300년 동안의 시가문학을 초初, 성盛, 중中, 만晩의 네 시기로 나누어 기술하였는데 그 뒤로 당시를 논평하는 사람은 곧잘 이 방법을 활용한다.

초당618~713 시기에는 여전히 그 전래의 시풍을 답습하고 있었으나 '초당사걸初唐四傑'로 일컬어지는 왕삐王勃, 양찡楊炯, 루자오린盧照鄰, 루어빈왕駱賓王 등이 새로운 시풍을 제창하고 나섰다. 이밖에 천즈양陳子昻, 왕지王績, 쟝쥬링張九齡, 허즈장賀知章 등이 이 시기에 활동하였다.

성당 713~766 시기는 번영과 혼란이 교차되었던 시기로 시인들의 현실체험이 시에 반영되었다. 친싼岑參, 까오스高適, 왕창링王昌齡 등은 변경지방의 황량한 풍경과 긴박한 정세를 읊었고, 왕웨이王維, 멍하오란孟浩然은 산수전원을 읊었으며, 리빠이李白는 낭만정취와 호방한 기개를 펼쳤고, 두푸杜甫는 역사적 현실을 시에 담았다. 이들 외에도 왕즈환王之渙, 페이디裵迪, 챵졘常建 등이 이 시기에 활동하였다.

중당 766~836 시인들은 대부분 성당의 시풍을 계승하면서도 새로운 경지의 개척을 꾸준히 모색해 나갔다. 웨이잉우韋應物, 류중웬柳宗元은 즐겨 산수 전원을 읊었고 빠이쮜이白居易, 웬즌元稹, 리신李紳, 류위시劉禹錫는 신랄한 필치로 사회현실을 파헤쳤으며 멍쟈오孟郊, 쟈따오賈島, 리허李賀 등은 난삽하고 괴벽한 어휘를 구사하고 환상적 경계를 묘사하였다.

만당 836~907 시기에는 다시 궁체시풍이 등장하고 형식과 기교에 치중하는 경향이 생겼다. 두무杜牧, 리상인李商隱, 운팅쥔溫庭筠, 두순허杜荀鶴 등이 이 시기에 활동하였다.

당대에는 근체시近體詩가 완성되었을 뿐 아니라 당말 오대에 이르러서는 음악과 밀접한 관련이 있는 새로운 형식의 시인 사詞가 발생하였다. 그리고 사는 송대 시가문학의 주류를 이루어 당시唐詩, 송사宋詞로 병칭 대비되기도 하였다.

북송 960~1126 초의 시단은 양이楊億, 첸웨이옌錢惟演, 류쥔劉筠 등이 귀족의 환락과 남녀의 애정을 묘사한 '서곤체西崑休'가 주류를 이루었다. 그러나 곧 왕위칭王禹偁, 메이야오천梅堯臣, 오우양슈歐陽修 등이 시풍의 혁신을 주장하고 나섰고, 송시는 쑤둥퍼蘇東坡에 이르러 최고봉을 이루었다. 북송 후기에는 황팅젠黃庭堅을 중심으로 한 '강서시파江西詩派'가 옛것을 새롭게 만들어내는 방법으로 '점철성금點鐵成金' '환골탈태換骨奪胎'를 모색하기도 하였다.

남송 1127~1279 초기에는 양완리楊萬里, 판청파范成大 등이 산수전원시를 많이 지었고, 루유陸游 등은 금金에게 빼앗긴 북녘 땅의 회복을 염원하는 애국열정을 시에 담아내기도 하였다. 그리고 남송이 멸망한 후에도 원텐샹文天祥, 정쓰챠오鄭思肖 등이 그 맥을 이었다.

만당 오대를 거쳐 송에 이르러 꽃을 피운 사詞는 산문화, 의론화 경향을 띠기 시작한 시를 대신하여 고향의 그리움이나 남녀 애정을 읊는 주요한 운문형식으로 발전해 갔다. 호방한 사풍詞風을 구사한 쑤둥퍼와 완약한 정감을 담아낸 친관秦觀, 리칭자오李淸照, 쟝지姜夔, 우원잉吳文英 그리고 애국정열을 노래한 유에페이岳飛, 원텐샹 등이 대표적인 사인으로 이름을 전한다.

남송 왕조가 장강長江 이남으로 도읍을 옮겨 북방의 요遼, 금金, 서하西夏, 원元과 대치하면서 굴종으로 소강상태를 유지하고 있는 동안 이족 치하의 북방에서는 북방민족 민간가곡의 영향을 받아 새로운 형식의 시체인 산곡散曲이 발생하였다. 꽌한칭關漢卿, 왕스푸王實甫, 빠이푸白樸, 마즈웬馬致遠 등이 대표적인 작가로 이름을 전한다.

원元, 명明 시기에는 희곡 소설이 발달하여 시가문학은 상대적으로 쇠미함을 면치 못하였고 그 수준이 또한 당, 송을 따를 수 없었다. 원대 시인으로는 류인劉因, 쟈오멍푸趙孟頫, 양자이楊載, 왕멘王冕 등의 이름이 전한다.

명1368~1644 초의 시단은 제왕의 공적과 왕실의 번영을 칭송하는 작품들이 주류를 이루어 이른바 '대각체台閣休'가 성행하였고, 이어 전후칠자前後七子를 중심으로 한 복고파復古派와 당송파唐宋派가 번갈아 시단을 주도하였다. 류지劉基, 까오치高啓, 위첸于謙 등의 이름이 전한다.

청淸 1644~1911은 이족이 중원을 평정 통치한 마지막 왕조이다. 청초의 시단은 전체적으로 복고주의 경향을 띠었고 첸첸이錢謙益, 우웨이예吳偉業, 꾸옌우顧炎武, 왕푸즈王夫之, 황중시黃宗羲 등 명조유신明朝遺臣들의 시편에는 망국의 회한과 두 왕조를 섬기는 선비로서의 정신적 갈등이 표출되기도 하였다.

청초에 들어와 과거에 합격하여 벼슬을 한 시인으로는 스룬장施潤章, 쑹완宋琬이 있다. 이들의 뒤를 이어 시가창작에서 신운神韻을 주장한 왕스전王士禎, 격조格調를 주장한 슨더첸沈德潛, 기리肌理를 주장한 옹팡깡翁方綱, 성령性靈을 주장한 유안메이袁枚 등이 한때 시단을 주도하였다.

청 후기에는 꿍즈쩐龔自珍, 웨이유안魏源 등이 서구의 영향을 받아 시에서 민주사상을 고취하였고, 아편전쟁 시기에는 린저쉬林則徐, 쟝웨이핑張維屛 등이 시로 우국충절을 읊기도 하였다.

청말에 이르러 량치챠오梁啓超, 황준시엔黃遵憲 등은 '시계혁명詩

218

界革命'의 기치를 내세우고 새로운 형식, 새로운 내용의 시 창작을 주장하였다. 그리고 여류혁명 투사 추진秋瑾은 시가에 앙양된 혁명사상을 불어넣었고 류아즈柳亞子, 천취빙陳去病, 쑤만수蘇曼殊 등이 같은 의식으로 시가창작 활동을 하였다.

민국民國이 건립된 이후 중국현대문학의 아버지로 추앙되는 루신魯迅도 백화시白話詩보다 많은 구체시舊休詩 즉 한시를 지었고, 지금까지도 많은 학자, 지식인, 정치인들이 한시를 짓는 일을 생활화해오고 있다. 마오쩌둥毛澤東은 시와 사를 함께 잘 지었고, 장쩌민江澤民도 외국순방 길에 그 나라 정치지도자와 만난 자리에서 곧잘 당시를 인용하거나 '패러디'하기도 하였다.

중국 한시는 그 연원과 역사가 오래 되고 시대변천에 따라 체재 형식과 정감 내용이 변하기도 하였으나 오늘날까지도 여전히 그 생명력을 유지해오고 있어 참으로 보배로운 인류문화유산 가운데의 하나라고 할 수 있다.

일본 漢詩편

철학박사 이영구

산 장

가와시마노 미코

세속을 떠난 산장에 봄빛은 가득히 차고
숲 속에는 철 따라 풍물 뚜렷하여라
청풍 명월 이 자리에 함께 있으니
모두가 송계처럼 우정을 같이 하세

山 齋

河島皇子

塵外年光滿	진외년광만
林間物候明	임간물후명
風月澄遊席	풍월증유석
松桂期交情	송계기교정

山齋
<ruby>山<rt>さん</rt></ruby> <ruby>齋<rt>さい</rt></ruby>

<ruby>塵<rt>じん</rt></ruby><ruby>外<rt>がい</rt></ruby><ruby>年<rt>ねん</rt></ruby><ruby>光<rt>こう</rt></ruby><ruby>滿<rt>み</rt></ruby>ち

<ruby>林<rt>りん</rt></ruby><ruby>間<rt>かん</rt></ruby><ruby>物<rt>ぶっ</rt></ruby><ruby>候<rt>こう</rt></ruby><ruby>明<rt>あき</rt></ruby>らけし

<ruby>風<rt>ふう</rt></ruby><ruby>月<rt>げっ</rt></ruby><ruby>遊<rt>ゆう</rt></ruby><ruby>席<rt>せき</rt></ruby>に<ruby>澄<rt>す</rt></ruby>み

<ruby>松<rt>しょう</rt></ruby><ruby>桂<rt>けい</rt></ruby><ruby>交<rt>こう</rt></ruby><ruby>情<rt>じょう</rt></ruby>を<ruby>期<rt>ちぎ</rt></ruby>る

山齋 : 산재

塵外 : 속세의 때를 벗어나다

年光 : 여기서는 봄의 햇살

物候 : 풍물과 기후

風月 : 청풍 명월

遊席 : 노는 자리

松桂 : 소나무와 계수나무

期 : 약속하다

    오쯔노 미코(大津皇子)와는 사촌간이며 막역한 친교를 맺고 있었으나 오쯔노 미코가 역모를 꾀함을 알고 밀고하여 결국 오쯔노 미코는 죽게 된다. 이 시는 그 이전 둘이 절친할 때 지은 것이다.

    봄 햇살이 천지에 충만하고 숲은 푸른 잎으로 갈아입은 좋은 시기에 세속을 떠난 산장에서 술잔을 기울이면서 우정을 다짐하는 내용이다.

작 자

    가와시마노 미코(河島皇子·657~691) : 천지(天智)왕의 둘째 아들로서 학문에 조예가 깊으며 칙령을 받아 『제기(帝紀)』 『상고제사(上古諸事)』를 편찬하였다. 막역한 사이였던 오쯔노 미코의 역모를 간하여 바른 길을 가게 하는 신의를 보이지 않고 밀고하였다 하여 충신이냐 박정한 사람이냐로 후세의 논란이 된다.

임 종

오쯔노 미코

해는 집 서쪽을 비치고
북소리 짧은 목숨 재촉을 하네
황천길에는 객도 주인도 없어
이 밤은 집 떠나 저승길에 오르네

臨 終

大津皇子

金烏臨西舍   금오임서사
鼓聲催短命   고성최단명
泉路無賓主   천로무빈주
此夕離家向   차석이가향

226

りんじゅう
臨 終

きんう せいしゃ て
金烏西舍に臨らい

こせい たんめい うなが
鼓聲短命を催す

せんろ ひんしゅ な
泉路賓主無し

このゆうべいえ さか む
此夕家を離りて向かう

金烏 : 태양

西舍 : 서쪽으로 면한 집

鼓聲 : 시간을 알리는 북소리

催 : 재촉하다

泉路 : 저승 길

賓主 : 손님과 주인

離家 : 집을 떠나다

감 상

　천무왕(天武王)의 6왕자 중의 셋째 왕자인 작자가 역모죄
로 말미암아 자결을 할 때의 작품이다.
　해는 서산에 기울고 시각을 알리는 북소리가 짧은 목숨을
재촉하는 것 같이 울리고 있다. 황천길은 원래 아무도 따라
가는 사람이 없으니 이 저녁 혼자서 집을 떠나 저승길로 향
하리라 하는 탄식과 태연함이 같이 느껴진다.

작 자

　오쯔노 미코(大津皇子 663~686) : 천무왕(天武王)의 제3왕자로서 한
시에 능할 뿐만 아니라 무술에도 뛰어났다.
　성격이 호방하여 많은 사람이 그 휘하에 모였으며, 행심(行心)이라는
신라의 승려의 감언에 의해 역모를 꾸미다가 천무왕의 사후 바로 발각,
체포되어 자살을 하였다. 나이 24세였다.

글벗과의 이별

오노노 미네모리

관리가 된 지 벌써 십 년
글동무 반은 새사람
같은 길 걷는 데 신구가 있을 건가
나는 만리 길 떠날 사람되니 그것만이 슬프네

留別文友

小野岑守

一朝從吏十年許	일조종리십년허
文友存亡半是新	문우존망반시신
固爲同道無新舊	고위동도무신구
但悲我作萬里人	단비아작만리인

文友に留別す

一朝吏に從ひてより十年許

文友の存亡は半は是れ新し

固より道を同じくするが爲に 新舊も無し

但悲しぶは我が萬里の人と作らまくのみ

낱말 풀이

留別 : 길 떠나며 남는 사람에 이별을 표하는 것

文友 : 글 벗. 시를 같이 하는 사람

一朝 : 한 때

從吏 : 관리로서 종사함

存亡 : 살아있거나 죽는 것

固 : 원래

爲同道 : 같은 길을 위함

作 : ~이 되다

감 상

　일본의 삼대(三代) 칙찬한시집(勅撰漢詩集)의 두 번째 시집인『분가슈레이슈(文華秀麗收 818년 성립)』에 수록되어 있으며, 시문(詩文)의 벗에게 작별의 마음을 표현한 시이다.

　관리가 된 지 십년 쯤에 그간 죽은 사람 새로운 사람이 반이 되었다. 원래 관리는 나라에 봉사하는 길을 걷는 사람이니 벗에 신구의 차는 없으나 이들을 두고 멀리 길 떠나는 작자는 슬프기만 하다는 내용이다.

작 자

　오노노 미네모리(小野岑守 778~880) : 각 지방의 장관에 임명되어 지방정치에 행정적 수완을 발휘한 관리이자 학자며, 한시 인이다. 최초의 한시 칙찬집인『료운슈(凌雲集 814년 성립)』의 중심적 편찬인이다. 『료운슈』에 시문과 시 13수가 수록되어 있고『분가슈레이슈』에 8수, 세 번째 칙찬집인『게이코쿠슈(經國集 827년 성립)』에 9수 등 삼십수의 시가 칙찬집에 실려 있다.

늦가을 국화를 노래함

스가와라노 미치자네

가을을 아쉬워해도 머물지 않고
국화를 사랑해도 거의 다 졌네
만물과 시간이 더불어 가니
뉘라서 밤새워 보기를 마다하리

暮秋 賦秋盡翫菊 應令

菅原道眞

惜秋秋不駐   석추추부주
思菊菊纏殘   사국국재잔
物與時相去   물여시상거
誰厭徹夜看   수염철야간

232

暮秋 秋盡きて菊を翫ぶを賦す 令に應ず

秋を惜しみて 秋駐まらず

菊を思いて 菊纔かに殘れり

物と時と相去る

誰か夜を徹して看るを厭わん

낱말 풀이

暮秋 : 늦가을

秋盡 : 가을이 다 감

翫菊 : 국화를 가지고 놀다

賦 : 시를 쓰다

應令 : 윗분의 뜻을 받들다

不駐 : 머물지 않다

纔 : 겨우, 조금

物與時 : 사물이 시간과 함께(사물은 국화에 대표되는 만
물, 시간은 가을)

厭 : ~을 싫어하다

徹夜 : 밤을 새우다

감상

    다이고(醍醐)왕이 동궁일 때 그의 영지(令旨)를 받고 작가가 쓴 시이다.

    가는 가을이 아쉽지만, 가을은 멈추어 주지 않고 국화가 오래 피어 있기를 바라지만 거의 다 져 버렸다. 가을과 국화가 시간과 더불어 덧없이 변해 가는 것을 안타까워하는 심정이 깃들여 있다.

작자

    스가와라노 미치자네(菅原道眞 845~903) : 당대의 대학자로서 사후 "텐만텐진(天滿天神)"이라고 불리우고 일본의 여러 곳에 있는 "텐만구(天滿宮)"에서는 이를 주신(主神)으로 모시고 있다. 경사(經史) 시문(詩文) 와카(和歌)에 능하였다. 규슈(九州)의 다자이후(大宰府)에 유배되어 그곳에서 생을 마쳤으나 그는 매화를 좋아하였기에 "텐만구"는 어디나 매화로서 유명하다.

    저서로서 『강케분소(菅家文草)』 『루이쥬코쿠시(類聚國史)』 등이 있다.

구월 십일

스가와라노 미치자네

작년 오늘밤 궁전에서 임금님 모시고
가을 시를 쓰던 생각 단장의 느낌이네
상으로 받은 옷 지금 여기에 있어
받들어 매일 같이 임금님을 생각하네

九月十日

菅原道眞

去年今夜侍淸凉	거년금야시청량
秋思詩篇獨斷腸	추사시편독단장
恩賜御衣今在此	은사어의금재차
捧持每日拜餘香	봉지매일배여향

九月十日

去年の今夜　清涼に侍し
秋思詩篇　獨り斷腸
恩賜の御衣は今此に在り
捧持して毎日　餘香を拜す

九月十日 : 구월 구일의 중양절 다음날

侍淸涼 : 궁전에서 임금님을 모시다

斷腸 : (슬픔)에 애가 끊어지다

恩賜 : 임금이 내려 준 것

餘香 : 남은 향기. 여기서는 임금님의 모습

　꼭 1년 전인 작년 9월 10일 중양절 다음날 우대신(右大臣)이었던 작자가 청량전에서 시행한 시연(詩宴)에서 "가을 생각"이라는 제목으로 시를 썼다. 그때 임금으로부터 상으로 받은 옷을 유배지인 이곳에 갖고 와서 지금까지 매일 받들어 꺼내어 임금의 은혜를 상각한다는 충절의 시이다. 낭영(朗詠)에도 적합한 유명한 시이다.

나그네 길에서

잇큐 소준

머리칼 서리 같은 노쇠한 몸 어이하리
바람이 뜬구름 날려도 한 조각 흔적 남는데
오늘밤은 어디서 묵어야 할지
고사찰 저녁 종 어디선가 울리네

客中

一休宗純

吟髮霜白奈衰容   음발상백내쇠용
風過浮雲一片蹤   풍과부운일편종
不識今宵何處宿   불식금소하처숙
一聲古寺暮樓鐘   일성고사모루종

客中にて
<small>かくちゅう</small>

吟髪は 霜白なれば 衰容を 奈せん
<small>ぎんぱつ　　そうはく　　　　　　すいよう　　いかん</small>

風の 浮雲を過ぐるも 一片の蹤あり
<small>かぜ　ふうん　　す　　　　いっぺん　あと</small>

今宵も 何處に宿せんかを 識らざるに
<small>こんしょう　いづこ　しゅく　　　　　し</small>

一聲ありたり 古寺の 暮樓の鐘より
<small>いっせい　　　　こじ　　ぼろう　かね</small>

吟髮 : 머리칼

霜白 : 서리 같이 희다

奈 : 어이하랴

衰容 : 노쇠한 모습

蹤 : 발자국. 형적

不識 : 모른다

暮 : 저녁

239

바람이 구름을 날려도 구름의 자국은 조금은 남는다. 그
러나 노쇠한 중인 나는 여로(旅路)에서도 아무데에도 집착
을 갖지 않는다. 운수(雲水)와 같이 유유히 자연을 벗삼아
흔적을 남기지 않고 행각을 계속하며 오늘 밤 묵을 곳도 모
르는 데 어디서인지 저녁을 알리는 절의 종소리가 들려와
나그네의 심금을 울린다.

작 자

잇큐 소준(一休宗純 1394～1481) : 임제종(臨濟宗)의 승려로서 천하를
순례하고 기행(奇行)이 많았다. 왕실의 신임이 두터워 교토(京都)의 대덕
사(大德寺)의 주지가 되었으며, 아들과 문하생에 의해「잇큐파(一休
派)」라는 문류(門流)가 형성될 정도로 승려계의 큰 세력자였다. 후세에
다도(茶道)에도 많은 영향을 주었다. 저서에『쿄운슈(狂雲集)』라는 한
시집이 있다.

그리움

잇큐 소준

달밤에 님을 그려 잊을 길 없고
밤 깊어 연모하다 빈자리에 눕네
꿈속에 손잡고 소곤대려도
새벽종이 깨우니 슬픔이 새롭구나

戀

一休宗純

月夜思君長不忘	월야사군장불망
夜深戀慕臥空床	야심연모와공상
夢中携手欲相語	몽중휴수욕상어
被駁曉鐘又斷腸	피해효종우단장

<ruby>戀<rt>こい</rt></ruby>

月<ruby>夜<rt>げつや</rt></ruby>に <ruby>君<rt>きみ</rt></ruby>を<ruby>思<rt>おも</rt></ruby>いしより <ruby>長<rt>なが</rt></ruby>く<ruby>忘<rt>わす</rt></ruby>られずして

<ruby>夜深<rt>よふか</rt></ruby>く <ruby>戀慕<rt>れんぼ</rt></ruby>しつつ <ruby>空床<rt>くうしょう</rt></ruby>に <ruby>臥<rt>ふ</rt></ruby>せり

<ruby>夢中<rt>むちゅう</rt></ruby>に <ruby>手<rt>て</rt></ruby>を<ruby>携<rt>たずさ</rt></ruby>えて <ruby>相語<rt>あいかた</rt></ruby>らんと <ruby>欲<rt>ほっ</rt></ruby>したれども

<ruby>曉鐘<rt>ぎょうしょう</rt></ruby>に <ruby>駭<rt>おどろ</rt></ruby>されて <ruby>又<rt>また</rt></ruby>も <ruby>斷腸<rt>だんちょう</rt></ruby>したり

空床 : 빈 잠자리

携手 : 서로 손을 잡다

駭 : 놀라다. 被駭는 피동의 뜻

242

달밤에 그대를 사모한 이래 오랫동안 잊을 길 없다. 아무
도 없는 빈방에서 님을 연모하며 꿈속에서나 만나 손을 잡
고 애절한 말을 나누려 하였으나, 새벽종에 놀래 잠을 깨고
예전에도 있었던 것처럼 또 다시 단장의 슬픔을 맛본다는
내용의 시이다.

광시(狂詩)

벼룩

잇큐 소준

때인가 먼지인가 이것 무언가
아무리 보아도 보잘 것 없네
사람 피 빨아먹고 통통히 살쪄도
야윈 중의 한 손톱에 생이 끝나네

題蚤

一休宗純

垢耶塵耶是何物　　구야진야시하물
元來見來更無骨　　원래견래경무골
雖爲喰人十分肥　　수위식인십분비
瘦僧一捻沒生涯　　수승일념몰생애

244

蚤に題して

垢なりや 塵なりや 是れ 何物なりや

元來 見來れば 更に 無骨なり

人を喰いて 十分に 肥えたりと雖も

痩僧の 一捻にも 生涯を 沒せん

낱말 풀이

垢 : 때

耶 : ～인가 ～인가

塵 : 먼지와 쓰레기

無骨 : 무풍류의 뜻도 있으나 여기서는 보잘것없다는 뜻

雖 : ～하지만

肥 : 살찌다

一捻 : 한번 꼬고 비틀다

　광시(狂詩)는 골계 해학을 목적으로 하여 속어를 섞어 만
든 일본의 한시의 변종이다. 일본의 15세기경에도 이런 류
의 한시가 있었으나 근세 중기(17,8세기) 이후 크게 유행하
였다.
　이 시는 벼룩의 운명을 풍자하여 말하고 불의(不義)의 부
귀는 뜬구름과 같고 또 득도(得道)한 고승 앞에서는 불의의
영광은 아무 가치가 없다는 은유의 의미도 있다.

산 속 집에서

후지와라 세이카

청산은 구름가에 높이 솟아 있고
초부 노래 엿들으며 세상 인연 잊었네
마음이 족하니 악기가 필요 없고
울다 지친 산새도 바위에서 고이 자네

山 居

藤原惺窩

靑山高聳白雲邊	청산고용백운변
仄聽樵歌亡世緣	측청초가망세연
意足不求絲竹樂	의족불구사죽락
幽禽睡熟碧岩前	유금수숙벽암전

247

山居
<small>さん きょ</small>

青山は 高くして 白雲の 邊に 聳えたれば
<small>せいさん／たか／はくうん／へん／そび</small>

仄に 樵歌を 聽きつつ 世緣を 忘る
<small>ほのか／しょうか／き／せえん／わす</small>

意 足りたれば 求めず 絲竹の 樂みを
<small>い／た／もと／しちく／たのし</small>

幽禽も 睡は 熟す 碧岩の 前に
<small>ゆうきん／ねむり／じゅく／へきがん／まえ</small>

山居 : 산 속의 거처

青山 : 초목이 푸르게 우거진 산

仄聽 : 어렴풋이 듣는다

樵歌 : 나무꾼의 노래

世緣 : 세상사와의 인연

絲竹 : 현악기 관악기 등의 악기(樂器)

幽禽 : 한적한 곳에서 사는 새

睡熟 : 잠이 깊이 든다

감 상

　작자가 숨어 지내는 산 속의 처소의 한적한 정황을 읊은 시이다.

　나무꾼 노래를 어렴풋이 엿들으며 세상의 영화 부귀 다른 걱정 다 잊고 지내고 있으니, 마음도 흡족하여 달리 시름을 잊기 위한 악기도 필요 없다. 작자뿐만 아니라 심산 유곡에서 울어대던 산새들도 오늘은 잠에 빠져 있는지 조용하구나.

작 자

　후지와라 세이카(藤原惺窩 1561~1619) : 에도(江戶)시대 초기의 유학자인 작자는 주자학파의 계열이기는 하나 양명학(陽明學)과 불교, 노장사상(老莊思想)도 가미한 복잡한 사상가이다.

　그는 과거의 비전(秘傳)적 연구 전통을 배제하고 자유로운 입장에서의 연구방법을 찾았으며 유학을 승려들의전유물로부터 유학자의 손에 넘겨 온 최초의 사람이다.

249

무사시 들판의 밝은 달

하야시 라잔

무사시 들 가을 경치 달빛은 아름답고
넓고 넓은 들판은 맑고 상쾌하도다
푸른 풀잎 위에는 수레 흔적도 없이
저 달은 천리 비치고 초원은 하늘에 닿네

武野晴月

林羅山

武陵秋色月嬋娟　　무능추색월선연
曠野平原晴快然　　광야평원청쾌연
輾破靑靑無轍迹　　전파청청무철적
一輪千里草連天　　일륜천리초연천

250

武野の晴月

武陵の秋色は 月 嬋娟として

曠野も 平原も 晴れて 快然たり

青青を 輾破したれども 轍迹 無くして

一輪は 千里を 草は 天に連れり

武野 : 일본 관동(關東) 지방의 평야. 지금의 무사시 평야

晴月 : 밝고 밝은 달

嬋娟 : 요염하게 아름다움

快然 : 기분이 상쾌하다

輾破 : 넓게 퍼지다

青青 : 여기서는 풀의 푸르름

轍迹 : 수레가 지나간 흔적

一輪 : 여기서는 둥근 달

連天 : 하늘에 닿는다

251

감 상

　넓은 무사시 들판에 떠 있는 밝고 청명한 달을 읊은 시로
서 들판의 광막함과 하늘의 요염한 달 그리고 천리에 퍼져
있으며 아무도 밟지 않는 푸른 초원의 경치를 표현하고 둥
근 달을 수레로 비유하는 기교적 시이다.

작 자

　하야시 라잔(林羅山 1583~1657) : 주자학(朱子學) 계통의 유학자로서
후지와라 세이카(藤原惺窩)의 추천에 의해 도쿠가와(德川)막부의 고문
이 되며 삼대에 걸친 장군 밑에서 막부의 정치와 외교 문서 제도 등의
초안에 관여한 공신이다. 그의 학문은 「이기합일설(理氣合一說)」의 입
장으로서 이점에서는 왕양명(王陽明)과 가까우나 그 외에서는 주자학의
입장에 서서 불교 노장사상을 배격하였다.

달과 꽃

하야시 라잔

봄 달은 마루에 떠 꽃기운 짙고
봄밤의 가경은 가을보다도 낫네
밝지도 어둡지도 않은 달 그림자
꽃빛깔 꽃향기에서 선들바람 일어나네

月前見花

林羅山

淡月映欄花氣濃　　담월영란화기농
春宵好景勝秋中　　춘소호경승추중
不明不暗朧朧影　　불명불암롱롱영
于色于香剪剪風　　우색우향전전풍

月前_{げつぜん}に 花_{はな}を見_みて

淡月_{たんげつ}は 欄_{らん}に映_{えい}じ 花氣_{かき}も 濃_{こまやか}にして
春宵_{しゅんしょう}の 好景_{こうけい}は 秋中_{しゅうちゅう}にも 勝_{まさ}れり
明_{めい}ならず 暗_{あん}ならず 朧朧_{ろうろう}の影_{かげ}には
色_{いろ}よりも 香_かよりも 剪剪_{せんせん}たるの 風_{かぜ}あり

낱말 풀이

淡月 : 봄의 몽롱한 달
欄 : 마루의 난간
春宵 : 봄의 초저녁
勝秋中 : 가을보다 낫다
于色于香 : (벚꽃의) 빛깔이나 향기로부터
剪剪風 : 여기서는 선들바람을 가리킴

자기 집 마루 난간에 비치는 몽롱한 봄 달 빛 아래 때마침 화사하게 피어 있는 벚꽃은 명월의 가을보다도 더 정취가 있고 꽃의 색깔이나 향기로부터 선들바람이 불어오는 것 같 다는 의미의 시.

하야시 라잔은 시인이라기보다 유학자였기에 그의 시에 는 묘사적인 것보다는 설명적인 요소가 많다.

학문은 오늘부터

이토 진사이

학문은 모름지기 오늘부터 시작하고
앞뒤를 재면서 소홀히 하지 마라
한치 묘목 언젠가는 큰 나무되며
샘물도 흘러가며 격류가 된다
지식이 열리면 팔방이 넓게 보여
생각이 성숙하면 깃털 같이 가볍다
육경은 원래 나의 집에 있는데
어찌하여 그 외에서 찾으려 할까

學問須從今日始

伊藤仁齊

學問須從今日始	학문수종금일시
算前顧後莫悠悠	산전고후막유유
寸苗遂作蒼蒼樹	촌묘수작창창수
原水還爲瀇瀇流	원수환위괵괵류

256

知識開時八荒闊　　지식개시필황윤
工夫熟處一毛輶　　공부숙처일모유
六經元自農家物　　육경원자농가물
何必區區向外求　　하필구구향외구

學問は 須く 今日從り 始むべし

學問は須く 今日從り 始むべく

算前し 顧後して 悠悠たること莫れ

寸苗も 遂には 蒼蒼たる樹と作り

原水も 還りて 瀧瀧たる流と爲る

知識の開くる時は 八荒 闊く

工夫の熟せる處は 一毛 輶し

六經は 元 自ら 農家の物なれば

何ぞ必ずしも 區區として 外に向つて求めんや

낱말 풀이

須 : 모름지기

從今日 : 오늘부터

算前 : 앞을 계산한다

顧後 : 뒤를 생각한다

莫 : 금지의 뜻으로 ~하지 말라

寸苗 : 한치의 묘목

原水 : 수원(水源)의 적은 물

瀧瀧流 : 사나운 물줄기

八荒 : 팔방. 모든 방면

工夫 : 사려 깊은 생각

一毛輶 : 깃털과 같이 가볍다

六經 : 역경 서경 시경 춘추 예기 악기의 여섯 경전

儂家 : 나의 집

何必 : 왜

向外 : 그 외의 것. 외부의 것

감상

　송학(宋學)을 거부하고 유학의 고의학(古義學)을 모범으로 하는 작자는 육경을 가장 훌륭한 전서로 삼아야 한다는 입장의 유학자이다. 학문은 내일이라는 것을 생각말고 바로 시작해야 하며 한 알의 모래도 태산이 되고 한 방울의 물도 바다가 된다는 이치를 깨닫고 끈기와 노력으로 면학에 힘쓰면 지식이 쌓이고 세상이 잘 보이는데, 그러기 위해서는 오직 육경을 구명해야 한다는 권학의 시이다.

작 자

이토 진사이(伊藤仁齊 1627~1705) : 고학(古學)파에 속하는 유학자. 처음은 주자학 계열에 속하였으나 주자학이 공자 맹자의 본질을 왜곡시켰다 하여 주자학 양명학 등 송학을 배척하고 사서(四書)의 본문을 연구하는 고학을 주장하였다. 특히 『논어(論語)』 『맹자(孟子)』를 가장 중요시하였으며 일본 유학에 있어 고학(古學)이 뿌리내리는 데 큰 공헌을 하였다.

일승사에서

이토 진사이

가을 기운 푸르고 넓게 산중에 깔렸으며
구름은 고목을 감돌고 기러기 날아가네
산에는 감 익어 까마귀 물어 가고
골짜기에 버섯 많아 사람들 지고 가네
마을이 멀어 먼지 퍼질 리 없고
숲 깊어 보이는 것 피어나는 안개뿐
언젠가 나 살 곳 찾으라면
이곳 히에이 산 앞의 개울가 언덕일세

遊一乘寺

伊藤仁齊

秋色蒼茫上翠微　　추색창망상취미
雲交老樹雁初飛　　운교노수안초비

山園柿熟烏啣去　　산원시숙오함거
溪澗蕈稠人負歸　　계간심조인부귀
市遠不看塵漠漠　　시원불간진막막
林深只見霧霏霏　　임심지견무비비
欲尋他日棲身處　　욕심타일서신처
比叡山前野水磯　　비예산전야수기

읽는 법

一乗寺に遊ぶ

秋色は 蒼茫として 翠微に上り

雲は 老樹に交りて 雁 初めて飛ぶ

山園に 柿 熟して 烏 啣みて去り

溪澗に 蕈 稠くして 人 負いて歸る

市 遠ければ 看ず 塵の漠漠たるを

林 深ければ 只 見る 霧の霏霏たるを

他日 身を棲ましむる處を 尋ねんと欲せば

比叡山前の 野水の磯なり

一乘寺 : 교토(京都)에 있는 사찰
蒼茫 : 푸르고 넓다
翠微 : 산의 중턱
啣去 : 입에 물고 사라지다
溪澗 : 산골 물
蕈 : 버섯
稠 : 많다
漠漠 : 넓게 깔려 있음
霏霏 : (안개 등이) 자욱히 피어남
棲身 : 몸을 맡길 곳
比叡山 : 교토(京都) 동북에 있는 산 이름
野水 : 강물
磯 : 물가

감 상

　교토(京都) 시의 히에이잔(比叡山) 아래에 있는 일승사에
갔을 때 그 경치가 너무나 아름다워 쓴 시이다.
　산은 중턱까지 가을 정경이 완연하여 구름은 큰 나무들과
벗삼아 어울리고 첫 기러기가 울고 간다.
　감 물고 가는 까마귀 버섯 따 짊어지고 가는 사람들 등
여러 가지 사물의 양상을 묘사하고 노후에 살 곳을 찾으라
면경치 좋은 이곳 일승사 근처로 정하겠다는 내용이다.

초겨울 빗소리 들으며

도쿠가와 미쯔쿠니

오솔길가 작은 냇물 차고 맑아라
울 담 밑 늦가을에 국화는 깔려 있네
이 산 저 산 잎 지고 바람만 소소하다
등불 앞에서 빗소리 들으니 정은 그지없어라

初冬聽夜雨述懷

德川光國

傍徑細流寒水淸　　방경세류한수청
東籬秋暮布金英　　동리추모포금영
四山葉落風蕭索　　사산엽락풍소삭
雨滴燈前無限情　　우적등전무한정

初冬に 夜雨を聽きて 懷を述ぶ

徑に傍へる細流は 寒水 清く

東籬の秋暮には 金英を布けり

四山は 葉 落ち 風は 蕭索として

雨 滴れば 燈前に 無限の情あり

傍徑 : 좁은 길 옆

寒水 : 한겨울의 개울물

東籬 : 동쪽 울타리

布 : 깔다

金英 : 노란 꽃, 국화

蕭索 : 쓸쓸함

雨滴 : 빗물이 뚝뚝 떨어짐

초겨울 밤에 빗소리 들으며 등불 앞에서 밤의 정취를 읊
은 시이다.

동네의 작은 길가를 따라 있는 시내에는 차가운 겨울 물
이 맑게 흐르고 작자의 동쪽 울타리에는 만추라서 국화가
떨어져 있으며 산은 겨울옷으로 갈아입은 삭막한 초겨울 풍
경, 여기에 빗소리를 등잔불 앞에서 듣는다면 그 심정이 어
떠할까, 하는.내용인데, 이것은 낮에 본 영상의 세계를 밤에
회상하면서 표현한 것이라 하겠다.

도쿠가와 미쯔쿠니(德川光國 1628~1700) : 미토(水戶)의 영주이나 영
명하여 정치보다 학문에 더욱 몰두하였다. 일찍부터 역사 자료를 수집하
여 역사 편찬사업에 착수하여 전 379권의 『대일본사(大日本史)』를 저
술하였다. 그는 역사분야 외에도 만요슈(萬葉集)의 연구에 진력하였을
뿐만 아니라, 게이츄(契沖) 같은 학자를 초빙하여 많은 연구를 시켜 일본
국학 연구에 큰 공헌을 하였다.

윤달 추석에도 달이 없어

아라이 하쿠세키

올해 중추는 윤달에도 있는데
그런데도 이 밤도 달빛이 없네
견디지 못해 옥피리 부니
흩어져 구름 속을 건너가는 소리 되네

閏中秋復無月

新井白石

只有中秋閏	지유중추윤
還無一夜明	환무일야명
不堪吹玉管	불감취옥관
散作度雲聲	산작도운성

閏の中秋の 復 無月に

只 中秋の閏 有りけれども

還 一夜 明 無し

堪えず 玉管を 吹きたれば

散じて 雲を度るの 聲と作りぬ

閏中秋 : 8월에 윤달이 있는 추석

復 : 또

還 : 또한

不堪 : 견디지 못하다

作 : ~이 되다

度雲 : 구름을 건너가다

추석 밤에도 달을 못 보았기에 윤달 추석 때나 달구경할까 기대하였는데, 그것도 헛되게 되었으니 실망이 여간 큰 것이 아니다.

아쉬운 심정을 달래기 위해 피리를 꺼내어 불어 보건만 그 소리는 구름 속 허공에 사라져 갈 뿐, 작자의 마음은 여전히 허전하기만 하다. 어렵지 않은 시이지만 피리소리가 구름을 해치고 건너간다는 데에 기교가 있다.

작 자

아라이 하쿠세키(新井白石 1657~1725) : 주자학파에 속하는 유학자로서 젊었을 때는 불우하였으나 후에 도쿠가와 막부의 장군 측근자로 막부의 재정운영에 참여하였다. 그의 기본 경세관은 전통적인 유교적 인정(仁政)의 계승이오, 문치주의에 입각한 것이었다. 유학자로서의 하쿠세키는 역사 지리 언어 등에 관한 합리적이고 실증적인 태도로써 많은 실적을 남겨 놓았다. 특히 역사분야에 많은 저서를 남겼다.

새벽의 즉흥시

청산에는 이미 새벽이 왔고
새들은 숲을 나와 지저귀도다
어린 죽순 안개 속에 솟아나고
한 송이 꽃 이슬 머금어 환하구나
차 끓이니 김은 마루를 감돌고
머리 빗으니 백발이 끈처럼 늘어지네
그저 앉아 있건만 해야 할 일 없으니
동창에 해 뜨는 것 기다리고 있을 뿐

卽 事

新井白石

靑山初已曙　　청산초이서
鳥雀出林鳴　　조작출임명
稚竹烟中上　　치죽연중상

孤花露下明　　　고화로하명
煎茶雲繞榻　　　전차운요탑
梳髪雪垂纓　　　소발설수영
偶坐無公事　　　우좌무공사
東窓待日生　　　동창대일생

卽事
<small>そく じ</small>

青山は 初めて已に 曙にして
<small>せいさん　　はじ　　すで　　あけぼの</small>

鳥雀は 林を出でて 鳴けり
<small>ちょうじゃく　はやし　い　　な</small>

稚竹は 烟中に上り
<small>ち ちく　　えんちゅう　のぼ</small>

孤花は 露下に 明なり
<small>こ か　　ろ か　　あきらか</small>

茶を煎ずれば 雲は 榻を繞り
<small>ちゃ　せん　　　くも　　とう　めぐ</small>

髪を梳れば 雪は 纓と垂る
<small>かみ　くしけづ　　ゆき　　えい　　た</small>

偶 坐したれど 公事も 無ければ
<small>たまたまざ　　　こうじ　　な</small>

東窓に 日の生ずるを 待てり
<small>とうそう　ひ　しょう　　ま</small>

270

即事 : 그때 그 장소에서의 즉흥시

初 : 비로소

稚竹 : 어린 대나무

烟中 : 연기 속

孤花 : 외로운 꽃. 한 송이 꽃

煎茶 : 차를 달이다

繞榻 : 걸상에 퍼지고 에워싸다

梳髮 : 머리를 빗다

垂纓 : 끈처럼 늘어지다

公事 : 공무. 마땅히 해야 할 일

日生 : 해가 나오는 것

감 상

시 속에 청산(靑山) 치죽(稚竹)이라는 말이 있으니 아마 늦봄이나 초여름의 계절로 짐작되는데, 새벽부터 해가 뜰 때까지의 작자가 보고, 들은 것과 자신의 동정을 읊은 시이다.

동이 트니 산 모습이 보이기 시작하고 새소리 들리고 죽순, 꽃들도 보이네. 차 끓이고 머리 빗고 할 일도 없어 동창에 해가 뜨는 것을 기다리고 있는 한가한 정경을 표현하였다.

강가의 농가

오규 소라이

마을길은 개울 따라 구불어지고
농가는 울타리가 거의 다 없네
언덕 낮아 농기구 씻고
비 개니 고기 잡던 옷을 말리네
송아지 땔감 등에 진 채 목을 추기고
작은 배 보리 베어 싣고서 오네
아이들 모래 위에 장난을 치니
갈매기도 어우러져 높게는 안 나르네

江上田家

荻生徂徠

門巷隨江曲　　문항수강곡
田家籬落稀　　전가리락희

272

岸低洗耕具　　안저세경구
雨霽晒漁衣　　우제쇄어의
小犢負薪飮　　소득부신음
扁舟刈麥歸　　편주예맥귀
兒童沙上戲　　아동사상희
鷗狎不高飛　　구압불고비

읽는 법

こうしょう　でんか
江上の田家を

もんこう　　こう　したが　　　まが
門巷は 江に隨つて 曲りたれば

でん か　　　り らく　　　まれ
田家に 籬落は 稀なり

きし ひく　　　　こうぐ　　　あら
岸 低くして 耕具を 洗い

あめ は　　　　ぎょい　　　さら
雨 霽れて 漁衣を 晒せり

しょうとく　　たきぎ お　　　の
小犢は 薪を 負いて 飮み

へんしゅう　　むぎ か　　　かえ
扁舟は 麥を 刈りて 歸る

じ どう　　しゃじょう　　たわむ
兒童は 沙上に 戲るれば

かもめ　な　　　たか　　　と
鷗も 狎れて 高くは 飛ばず

273

門巷 : 출입문에 통하는 사잇길
隨江 : 강을 따라
籬落 : 울타리
稀 : 드물다
耕具 : 농기구
雨霽 : 비가 개다
小犢 : 작은 송아지
薪 : 땔감
扁舟 : 작은 배
刈 : 베다
狎 : 익숙하다. 희롱하다

감 상

　　강가에 있는 농가에 가는 길은 곧바로 나 있는 것이 아니고
강 따라 꾸불꾸불하며 강이 울 담 역할을 하는지 울 담 있는
집이 거의 없는 농가의 외관을 그렸으며, 강둑이 낮아 농기구를
개울에서 씻고 비가 개면 고기 잡다 젖은 옷을 말리는 강가에
사는 농부의 생활상을 표현하고, 목을 추기는 송아지, 보리 싣
고 가는 작은 배, 모래 위에서 노는 아이들과 사람들을 두려워
하지 않는 갈매기 등 다양한 소재를 다루고 있으나 사생의 박력
감이 부족하고 상상에 의한 관념적 색채가 농후하다고 본다.

　　오규 소라이(荻生徂徠 1666~1728) : 고문사학(古文辭學)파, 고학(古學)파에 속하는 유학자이다. 처음에는 주자학파에 속하여 이토 진사이의 고학에 대립하였으나 후에 고학파에 합류하였다. 그러나 이토 진사이가 성선설(性善說)을 중심으로 한 인의(仁義)도덕을 존중한 것과는 달리, 그는 순자(荀子)를 특히 중시하고 먼저 고문사 연구를 하고 나서 고의(古義) 고학을 연구하는 방법론을 제창하였다. 저서로서 『논어징(論語徵)』 (10권), 『소라이집(徂徠集)』(31권) 등 있었다.

피리 소리

누군가 불고 있는 옥피리 소리
이 나그네 방까지 들려 오누나
급절은 애 끊게 짧게 울리고
긴 소리 한을 짜내 오래 울리네
낙매곡은 특히나 적막케 하고
절류곡은 더욱더 처량하도다
나를 감싼 피리소리 여운 속에서
앞산은 석양빛을 모으고 있네

聞 笛

荻生徂徠

何人吹玉笛　　하인취옥적

來此客中堂	내차객중당
急節傷神短	급절상신단
曼聲引怨長	만성인원장
落梅殊寂寞	낙매수적막
折柳轉凄涼	절류전처량
繚繞留餘響	요요유여향
前山斂夕陽	전산렴석양

읽는 법

笛を聞きて

何人か 玉笛を 吹きたれば

此の 客中の堂にも 來れり

急節は 神を傷ましめて 短く

曼聲は 怨を引いて 長し

落梅は 殊に 寂寞として

折柳は 轉た 凄涼たり

繚繞して 餘響を 留むれば

前山は 夕陽を 斂めたり

玉笛 : 좋은 피리

客中堂 : 나그네의 방

急節 : 급한 곡절

神 : 마음

曼聲 : 긴 소리

引怨 : 한을 끌다, 한을 나타내다

落梅 : 피리의 곡명으로서 낙매곡

折柳 : 피리의 곡명으로서 나그네를 전송하는 곡

轉 : 더욱

繚繞 : 감싸다, 둘러싸다

斂 : 거두다. 감추다. 모으다

감 상

이 시에 계절의 표시는 없으나 낙매곡, 절류곡의 피리곡
이 나오니 봄으로 짐작된다.

앞산에 해가 넘어갈 무렵 누군가가 불어 주는 피리소리를
객사에서 듣는 소감을 읊은 시이다. 피리의 짧은 소리에 애
가 끓고 긴 소리는 한을 되새기게 하여 나그네의 쓸쓸하고
외로운 심정을 더욱 절실하게 하는 감상적 내용이 담겨져
있다.

다듬이질

다자이 슌타이

서리는 도성에 내려 풍경은 쓸쓸한데
다듬이는 누가 두드리나 사랑하는 사람을 위함이겠지
달 밝은 깊은 밤 다듬이 소리 끊긴 것은
바로 이것 가인이 눈물 숨길 때

擣 衣

太宰春臺

霜落城頭風色悲	상락성두풍색비
擣衣誰子最相思	도의수자최상사
月高夜半砧聲斷	월고야반침성단
正是佳人掩淚時	정시가인엄루시

擣衣

霜は 城頭に落ちて 風色 悲しきに

衣を 擣つは 誰子ぞ 最も相思うならん

月の 高き夜半に 砧聲の 斷ゆるは

正に是れ 佳人が 涙を掩うの 時にかあるらん

城頭 : 도성 주변

風色 : 풍경

擣衣 : 옷에 다듬이질한다

誰子 : 누구

砧聲 : 다듬이 소리

正 : 바로

是 : 이것

掩涙 : 눈물을 숨기다

변경(邊境)에 있는 낭군에게 보내는 옷에 다듬질하는 어여쁜 여인을 상정하여 읊은 시이다.

긴긴 가을밤 서리 내리고 사방은 쓸쓸한데 홀로 집 지키는 아내는 외롭기만 하다. 문득 다듬이 소리가 끊겼는데, 이는 깊은 밤 높이 뜬 달을 보고 낭군이 그리워 눈물을 닦기 위해 잠시 멈춘 것이 아니겠는가, 하는 내용으로서 작자의 연상에 의한 미의식이 나타나 있다고 본다.

다자이 슌타이(太宰春臺 1680~1747) : 고학(古學)파에 속하는 유학자로서 처음에는 주자학(朱子學)을 배웠으나 후에 오규 소라이(荻生徂徠)에게서 고문사(古文辭)학과 경세제민(經世濟民)을 배운다. 그는 재화(財貨)를 중요시하여 중농정책과 더불어 공업, 상업의 균형 발전도 주장하였다. 만년에는 소라이학(徂徠學) 융성에 헌신하였다.

나라의 회고

다자이 슌타이

남쪽 땅 광활한 옛 도성엔
거리는 종횡으로 뻗어 있는데
옛 왕실 땅 보리 익어 농민들 드나들고
임금만이 다니던 길 쑥 우거지고 행상이 가네
버드나무 낮게 처져 한을 부르고
벚꽃은 휘날리나 옛 정을 모르네
천년의 유적지에는 오직 사찰뿐
황혼에는 구슬피 사슴만 우네

寧樂懷古

太宰春臺

南土茫茫古帝城　　남토망망고제성
三條九陌自縱橫　　삼조구백자종횡

籍田麥秀農人度　　적전맥수농인도
馳道蓬生賈客行　　치도봉생고객행
細柳低垂常惹恨　　세류저수상야한
閑花歷亂竟無情　　한화력란경무정
千年陳迹唯蘭若　　천년진적유란약
日暮呦呦野鹿鳴　　일모유유야록명

읽는 법

寧樂懷古

南土茫茫たり 古帝城

三條 九陌 自ら 縱橫

籍田麥秀でて 農人度る

馳道 蓬 生じて 賈客行く

細柳 低く 垂れて 常に恨みを惹き

閑花歷亂として 竟に情無し

千年の陳迹は唯だ蘭若

日暮呦呦として 野鹿鳴く

283

낱말 풀이

寧樂 : 일본의 옛 서울 나라(奈良)
茫茫 : 광막함
三條 : 거리의 이름
九陌 : 거리의 이름
籍田 : 임금이 제사용 곡물을 마련하기 위하여 직접 경작
　하　　　　　는 전답
度 : 건너가다
馳道 : 임금이 행차하던 길
賈客 : 장사치
惹恨 : 한을 부르다
歷亂 : 꽃이 뒤섞여 떨어지는 모습
竟 : 끝내
陳迹 : 유적
蘭若 : 사원, 절
呦呦 : 사슴이 슬피 우는 소리

감 상

일본의 옛 서울인 나라(奈良)에는 삼조, 구백의 거리 이름
이 아직 남아 있다.
옛날에는 감히 들어갈 수 없는 왕실 땅에 농민들이 드나
들고 임금만이 다니는 길에 상인이 걸어다닌다.

이렇게 영화가 간데 온데 없는 옛 서울에 봄은 왔건만, 사찰만이 남아 있고 저녁때면 사슴의 구슬픈 울음소리에 단장의 비애만이 느껴진다.

방귀 냄새

쇼쿠 산진

어느 날 밤 뎁힌 술 식은 것을 마셨더니
그대로 배가 부풀어 오고 마네
헛 방귀라서 소리는 안 났지만
똥 묻은 자국은 남아 있다네

屁 臭

蜀 山 人

一夕飮爛曝   일석음란폭
便爲腹張客   편위복장객
不知透屁音   부지투비음
但有遺矢跡   단유유시적

286

屁臭い

一夕 爛曝を 飲みてより

便ち 腹張りの 客と爲れり

透屁の音を 知りざりしが

但し 遺矢の跡 有り

屁臭：방귀 냄새

一夕：어느 날 밤

爛：익히다. 데우다. 삶다

爛曝：데운 것이 식다

便：그대로

腹張：배가 부풀다

透屁：소리가 나지 않는 방귀

遺矢：여기서는 똥(대변)

跡：흔적

이 시도 18세기에 한참 유행하던 해학적이고 골계를 위주로 하는 광시(狂詩)이다.

데운 술이 식은 찬술을 그대로 마셨더니 배가 잔뜩 불러 오고 가스가 찾는지라 자주 방귀를 뀌었다. 그러나 그것은 헛 방귀라서 소리는 나지 않았지만 그 대신 옷에 방귀의 흔적인 오물이 묻었더라, 하는 단순한 내용이다. 기지와 익살을 자랑하기 위하여 한시의 형식을 빌었다고 하겠다.

쇼쿠 산진(蜀山人 1749~1823) : 본명은 오타 담(大田覃)이다. 오타 남포(大田南畝), 쇼쿠 산진(蜀山人) 등의 별명으로 주로 광시(狂詩)를 썼다. 19세 때 한학의 초보자로서 지은광시가 히라가겐나이(平賀源內)의 인정을 받아 광시 작가로서의 지위를 얻었다. 신선하고 경묘한 기지와 해학으로 당시의 서민층에 큰 인기가 있었다.

긴 겨울밤

료 칸

오로지 생각나네 소년 시절이
책 읽으며 빈방에 혼자 있었지
등잔불에 기름을 몇 번이나 부어 가며
겨울 밤 긴긴 것도 마다하지 않았네

冬夜長

良 寬

一思少年時　　일사소년시
讀書在空堂　　독서재공당
燈火數添油　　등화수첨유
未厭冬夜長　　미염동야장

冬夜は長し

一に 思う 少年の時に

讀書しつつ 空堂に 在りて

燈火に 數 油を 添えしが

末だ 冬夜の長きをも 厭わざりしを

冬夜長 : 겨울밤은 길다

一思 : 오직 생각한다

空堂 : 빈방

添 : 첨가하다

末厭 : 싫지 않다

감 상

　소년 시절에는 책 읽으며 빈방에서 혼자 있었고 등잔의 기름이 떨어지면 밤새 몇 번이고 다시 부어가며 공부하였는데, 그때는 겨울밤이 긴 것 같지도 않고 싫지도 않았다. 그런데, 지금은 늙어서 잠도 잘 깨고 혼자 있는 것도 겨울밤이 긴 것도 모두 싫어졌다 하는 술회의 시인 바 평의하고 단순한 표현 속에 기교가 없는 순수성을 찾을 수 있다.

작 자

　료 칸(良寛 1757~1831) : 승려이며 가인(歌人)이다.
　일본의 중서부지방을 방랑하여 무욕, 무집착의 수행을 하였다. 고결한 인격과 인품으로 불법을 설명하였으나 불경을 강요하는 것이 아니고 따뜻한 인간성으로 사람들을 감화시켰다. 특히 어린이를 좋아하여 어린이와 많은 시간을 같이 지내고 어린이에 관한 시도 남겼다. 그의 가풍 또한 천진난만하고 순수한 것이었다.

어머니를 보내드리며

라이 산요

봄바람 불 때 어머니 오시고
삭풍 불 때 어머니 가시는 것 배웅하네
오실 때 꽃향기 길
어느 덧 눈서리 추운 철되어
닭소리에 길 떠날 준비를 하고
가마를 따라가니 발은 지쳤네
아들로서 발 아프다 말도 못하고
오직 어머니 가마에서 편안하시길
어머니께 술 한잔 권하고 아들도 마시니
아침해는 주막에 가득하여 서리 걷혔네
쉰 살 아들에 칠십 어머니
이런 복은 사람으로 얻기 어려워
남북으로 가고 오는 사람 많지만
뉘라서 우리 모자 기쁨만 할까

送母路上短歌

賴 山陽

東風迎母來	동풍영모래
北風送母還	북풍송모환
來時芳菲路	내시방비로
忽爲霜雪寒	홀위상설한
聞鷄卽裹足	문계즉과족
侍輿足槃跚	시여족반산
不言兒足疲	불언아족피
唯計母輿安	유계모여안
獻母一杯兒亦飮	헌모일배아역음
初陽滿店霜已乾	초양만점상이건
五十兒有七十母	오십아유칠십모
此福人間得應難	차복인간득응난
南去北來人如織	남거북래인여직
誰人如我兒母歡	수인여아아모환

母を送る路上の短歌

東風 母を迎えて來たり

北風 母を送りて還る

來たる時 芳菲の路

忽ち霜雪の寒と爲る

鶏を聞きて 卽ち足を裹み

輿に侍して 足槃跚たり

兒 足の疲るるを言わず

唯だ母の輿の安きを計るのみ

母に一杯を獻じ 兒も亦た飲む

初陽店に滿ちて 霜已に乾く

五十の兒 七十の母有り

此の福 人間 得ること應に難かるべし

294

南去北來　人織るがごとくなるも

誰れ人か　我が兒母の歡びのごとくなる

낱말 풀이

芳菲路 : 아름다운 꽃 길

忽 : 바로

裹足 : 발을 싸다

輿 : 가마

槃跚 : 절뚝거리는 모양

初陽 : 아침 해

應 : 마땅히

人如織 : 오가는 사람이 짠 듯이 많다

감 상

　작자의 어머니가 고향인 히로시마(廣島)에서 교토(京都)의 아들집에 왔다가 다시 고향으로 돌아갈 때 배웅하고 가는 도중에 쓴 시이다.

　동풍이 부는 춘3월에 어머니를 자기 집으로 모시고 북풍이 매섭게 부는 겨울 철 새벽녘에 출발하여 어머니 가마 곁에 붙어서 오직 어머니가 평안하게 가시기를 기원하면서 배

응한다는 내용으로 작가의 효심이 잘 나타나 있다.

작 자

라이 산요(賴山陽 1780~1832) : 유학자요, 역사가인 라이 산요는 어릴 적부터 한시문에 능하고 유교서적 외에 역사서를 탐독하여 후에 『일본 외사(日本外史)전 22권』을 저술하였다. 한때 유배된 적도 있으나 바로 사면되어 한시와 역사서의 저술에 일생을 바쳤다. 그의 근황(勤皇)사상 은 도쿠가와(德川) 막부의 쇠퇴를 재촉하였으며 왕정(王政)을 주장하는 메이지(明治) 유신의 공신들에게 큰 영향력을 주었다.

요시노 산에서

후지이 치쿠가이

옛 능의 소나무는 바람에 울어대고
산사에 봄 찾았건만 봄은 적료하여라
하얀 눈썹 노승은 때로 쓸다 멈추고
낙화 쌓인 곳에서 남조 이야기 들려주네

芳 野

藤井竹外

古陵松栢吼天飈　　고능송백후천표
山寺尋春春寂寥　　산사심춘춘적료
眉雪老僧時輟帚　　미설노승시철추
落花深處說南朝　　낙화심처설남조

芳野^{よし の}

古陵^{こりょう}の松栢^{しょうはく} 天飇^{てんびょう}に吼^ほゆ

山寺^{さんじ} 春^{はる}を尋^{たづ}ぬれば 春寂寥^{はるせきりょう}

眉雪^{びせつ}の老僧^{ろうそう} 時^{とき}に帚^はくことを輟^やめ

落花深^{らっかふか}き處^{ところ} 南朝^{なんちょう}を說^とく

芳野 : 지금의 요시노산(吉野山)

古陵 : 여기서는 고다이고(後醍醐)왕의 능

天飇 : 회오리바람

眉雪 : 눈썹이 눈처럼 희다

帚 : 비. 비로 쓸다

南朝 : 고다이고 왕이 요시노 지방에서 지묘 왕의 북조와
　　　 대립하고 있을 시대의 조정

여기 벚꽃으로 유명한 요시노 산에 봄을 찾아왔건만 고다이고(後醍醐)왕의 능 주변에 있는 송백은 강한 회오리바람에 윙윙 울고 있는 듯하며 꽃은 홋 날리고 봄이 적적하기만 하다. 산사의 노승은 때때로 떨어진 꽃을 쓸다가 멈추고 남조(南朝)의 비애의 역사를 객에게 들려주는 내용의 시이다. 바람, 낙화, 노승, 남조의 애사(哀史) 등 모두가 쓸쓸한 내용의 것으로 읽는 이로 하여금 봄인데도 침울한 인상을 준다.

작 자

후지이 치쿠가이(藤井竹外 1807∼1866) : 주자학(朱子學)파에 속하는 유학자로서 총포(銃砲) 등의 무기에 관한 조예가 깊었으며 한시는 라이 산요(賴山陽)에게서 배웠다. 특히 시재가 있어 「절귀치쿠가이(絶句竹外)」라는 별명이 있을 정도였다. 성격은 소탈하고 호방하여 술을 좋아하여 만년에는 한시와 술로 자적하였다. 『치쿠가이 28자시(竹外28字詩)4권』『치쿠가이 시초(竹外詩抄)』등의 저술이 있다.

서양으로 떠나며 마음의 벗에게 알리다

요시다 쇼잉

명리를 세상에서 얻으려는 마음 없고
한 평생 비난받는 것쯤 상관없는데
어리석어 보은 책이 헛되는 것 슬퍼라
부당한 내 행위 군부의 근심만 되네

將西遊、示知心諸友

吉田松陰

名利無心世上求	명리무심세상구
一生不顧被人尤	일생불고피인우
獨悲駑駘報恩計	독비노태보은계
詭遇常爲君父憂	궤우상위군부우

まさに西遊^{さいゆう}せんとし、知心^{ちしん}を諸友^{しょゆう}に示^{しめ}す

名利^{みょうり} 世上^{せいじょう}に求^{もと}むるの 心^{こころ}なく

一生^{いっしょう} 人^{ひと}の尤^{とがめ}をこうむるも 顧^{かえり}みず

獨^{ひと}り悲^{かな}しむ 駑駘^{どたい} 報恩^{ほうおん}の計^{けい}

詭遇^{きぐう}して 常^{つね}に君父^{くんぷ}の憂^{うれい}となるを

낱말 풀이

名利 : 명예와 이용(利慾)

被 : 수동의 뜻으로 여기서는 비난을 받는다는 것

人尤 : 사람의 비난

駑駘 : 어리석은 말. 여기서는 자기의 어리석음을 비유함

報恩 : 군주와 부모의 은혜를 갚는 것

詭遇 : 정당하지 않은 방법으로 명리나 지위를 얻음의 비유

君父憂 : 임금과 부모의 근심

감 상

　1853년 작자 24세 때, 에도(江戸)를 출발하여 나가사키 (長崎)로 갈 때의 작품이다. 이 나가사키행은 거기서 러시아 군함에 탑승하여 해외로 밀항하려는 계획이었으나 성공하지는 못하였다. 그 무렵에 쓴 이 시는 자기는 명성이나 욕망을 구하려는 불순한 생각은 전혀 없으며 또한 타인으로부터 비난받는 것쯤은 상관할 바 아니다. 자기가 우둔하기에 자기의 계책은 항시 임금이나 부모의 걱정거리가 된다는 우국의 정을 표현한 것이다.

작 자

　요시다 쇼잉(吉田松陰 1830~1858) : 쇼잉은 지금의 야마구치현(山口縣)의 하기(萩)의 무사계급 태생이었으나 무단으로 고향을 떠났기에 무사계급에서 제명당했다. 1854년 미국 군함에 탔지만 밀항은 성공하지 못하고 감옥에 수감되었다. 1856년부터 2년 반 동안 고향에서 후학 양성에 힘썼는데, 「쇼가손주쿠(松下村塾)」라는 이 학당에서 많은 메이지(明治) 유신들을 길러냈다. 쇼잉은 30세가 되던 해 도쿠가와(德川)막부에 의해 처형되었다.

무 제

모리 오가이

바랑지고 삼 년 어리석음을 한탄하다
동쪽으로 돌아오려니 무엇으로 천은에 보답할까
마음에 걸리는 것 가을 바람의 한만은 아닌데
하룻밤 사이 귀국선은 눈물 해협 지나니

無 題

森鷗外

負笈三年歎鈍根　　부급삼년탄둔근
還東何以報天恩　　환동하이보천은
關心不獨秋風恨　　관심불독추풍한
一夜歸舟過淚門　　일야귀주과누문

303

無題

笈を負うて三年 鈍根を歎く

東に還るも何を以てか 天恩に報いん

心に關るは獨り 秋風の恨みのみならず

一夜 歸舟は 涙門を過ぐ

負笈 : 상자를 메고. 여기서는 여행용 바랑을 지고의 뜻

鈍根 : 우둔한 사람

還東 : 동쪽으로 돌아가다. 여기서는 독일유학에서 일본
    으로 돌아가는 것

關心 : 마음에 걸리는 일

涙門 : 홍해(紅海)와 아라비아 海의 아덴을 잇는 "바벨만
    데부海峽"을 말함. 만데부"란 눈물을 뜻한다

삼년 여에 걸친 관비 독일유학을 마치고 귀국하는 배가 홍해를 지날 때 쓴 시이다.

이제 고국으로 돌아가려 하니 유학의 소득이 무엇인가 반성되어 마음은 무겁고, 국비를 축낸 것 같아 국가에나 부모에게 송구스러운 마음이 든다. 이런 상심은 가을 바람 탓만은 아닌데 하룻밤 사이에 배는 서양에서 동양으로 넘어오는 눈물의 관문을 지나 버렸다. 귀국선에 탔다 하여 가슴 설레이는 것만은 아니고 이별과 귀향에 따른 착잡한 심정이 엿보인다.

작 자

모리 오가이(森鷗外 1862~1922) : 토쿄대학 의학부를 졸업한 후 군의(軍醫)로서 입대하였다가 국비로 독일에 유학, 귀국 후 군의감(軍醫監)을 지냈으나 후에 문학에 뜻을 두어 많은 작품을 내놓아 일본 근대문학의 초기에 문단에 큰 공을 세웠다. 수많은 창작품 외에 시 번역 평론 등의 분야에서도 큰 활약을 하였으며, 독일 유학 시 배운 미학이론으로 일본 문단에 낭만주의 문학사상을 소개하였다.

문병 온 친구에게

모리 오가이

아직 계절을 말할 기운도 없어
매화 피었는가만 묻네
어쩌다 오면 차나 마실 뿐
오랫동안 술잔을 멀리했다네
내 병은 가슴에 물이 고인 것
그대는 여전히 말재주 좋네
언젠가 옛 약속대로
자연의 아름다움 같이 즐기세

辛巳春臥病。偶友人某見訪。賦似。

森鷗外

懶復敘寒暖　　라복서한난
只問梅發無　　지문매발무
間來宜瀹茗　　간래의약명

久矣癈傾壷　구의폐경호
我疾胸生水　아질흉생수
君才口吐珠　군재구토주
何時尋舊約　하시심구약
風月勝游倶　풍월승유구

읽는 법

辛巳の春、病に臥す。偶たま友人

某の訪ねらるに賦して似す

復た 寒暖を叙ぶるに懶く

只問う 梅の發せし 無きかと

間來 宜しく茗を瀹すべし

久しきや 傾壺を廢めしこと

我が疾は 胸に水を生じ

君の才は 口より珠を吐く

何時か舊約を尋ねて

風月の勝游を倶にせんや

307

偶 : 우연히
賦 : 여기서는 시가를 짓는다는 뜻
懶 : 게을리하다
叙 : 말하다
寒暖 : 춥고 더운 것. 여기서는 계절에 관한 인사말
間來 : 때로 오다
瀹茗 : 차를 적시다. 차를 마시다
傾壺 : 병을 기울인다. 즉, 술을 마신다의 뜻
胸生水 : 가슴에 물이 차다
口吐珠 : 입에서 좋은 말이 나온다
舊約 : 옛날의 약속
風月 : 자연의 경치
勝游 : 즐겁게 노는 일
俱 : 같이 함께

감 상

　모리 오가이가 늑막염에 걸렸을 때 문병 온 친구를 향해서 쓴 시이다. 일설에서는 그때의 병은 늑막염이 아니라 폐결핵이었다는 주장도 있으나 이 시에 의하면 가슴에 물이 고였다고 되어 있으니 늑막염으로 이해할 수밖에 없다.
　문병 온 친구와 이것저것 이야기할 기력도 없어 겨우 밖에 매화가 피었느냐는 정도의 말밖에 할 수가 없다. 재담을 늘어놓는 친구와 다시 술을 마셔가며 즐기고 싶다는 회복에 대한 욕구가 나타나 있다.

하코네 산에서

나쯔메 소세키

어젯밤 여장을 챙겨
오늘 아침 푸른 산에 들어가네
구름 깊고 산은 사라지려 하고
하늘 넓고 새들 많이도 날으네
역마의 방울소리 저 멀리 들리고
행인의 웃음소리 어쩌다 듣네
쓸쓸한 산길 삼백 리 길
나그네는 벌써 돌아갈 것 생각하네

函山雜咏

夏目漱石

昨夜着征衣   작야착정의
今朝入翠微   금조입취미

雲深山欲滅　　운심산욕멸
天闊鳥頻飛　　천활조빈비
驛馬鈴聲遠　　역마령성원
行人笑語稀　　행인소어희
蕭蕭三十里　　소소삼십리
孤客已思歸　　고객이사귀

읽는 법

函山雜咏
<ruby>かんさんざつえい</ruby>

昨夜 征衣を着け

今朝 翠微に入る

雲深くして 山滅せんと欲す

天闊くして 鳥頻りに飛ぶ

驛馬 鈴聲遠く

行人 笑語稀なり

蕭 蕭たり三十里

孤客 已に歸るを思う

函山 : 오늘의 하코네산(箱根山)

征衣 : 여장(旅裝)

翠微 : 푸른 산

欲滅 : 사라지려 하다

天闊 : 하늘이 넓다

頻 : 자주 ~하다

驛馬 : 여숙(旅宿) 사이를 오가는 말

蕭蕭 : 외로움. 쓸쓸함

三十里 : 한국의 삼백리

孤客 : 외로운 나그네

已 : 벌써

감 상

　구름이 짙게 끼어 산은 구름 속으로 그 모습을 감추려 하고 넓은 하늘에는 새들만 뒤섞여 나는데 인적은 드물다. 삼백리 산길에 오니 너무 외롭고 쓸쓸하여 오자마자 되돌아가고 싶은 심정이 든다.

　하코네 산에 도착한 이른 아침에 지은 시로서 알기 쉬운 언어를 썼지만 "산은 모습을 감추려 한다"는 등의 기교가 있고 깊은 산의 적막과 냉기가 전해오는 작품이다.

작자

나쯔메 소세키(夏目漱石 1867~1916) : 영문학자, 소설가 평론가이다. 도쿄대학 영문학과를 졸업하고 마쯔야마(松山)중학, 쿠마모토(熊本)고등학교의 교사로 근무, 관비로 영국유학. 귀국 후 도쿄대학 영문학과 교수로 재직하다 아사히(朝日)신문사로 전직하여 창작활동에 전념하다 「도련님」「고양이」「마음」「나그네」등 수많은 명작을 발표하였으며 일본 근대 문학사에서 빼놓을 수 없는 위치에 있는 작가이다. 일본은행 천엔권의 초상화는 문단인으로서는 유일하게 작자의 것이다.

무제

나쯔메 소세키

세상에는 이런저런 일도 많아서
세상사 여러 가지 바람을 만나
가을 철 하얗게 된 수염 슬퍼라
병들어 쇠약하니 젊었을 때 꿈꾸네
나르는 새 바라보는 하늘 끝없고
구름을 바라보니 깨달음은 멀도다
남은 몸 소중하게 간직하려니
행여 함부로 마모시키지 말자

無 題

夏目漱石

天下自多事　　천하자다사
被吹天下風　　피취천하풍
高秋悲鬢白　　고추비빈백

衰病夢顔紅　　쇠병몽안홍
送鳥天無盡　　송조천무진
看雲道不窮　　간운도불궁
殘存吾骨貴　　잔존오골귀
愼勿妄磨礱　　신물망마롱

읽는 법

無題（むだい）

天下（てんか） 自（おのずか）ら多事（たじ）

天下（てんか）の風（かぜ）に吹（ふ）かる

高秋（こうしゅう） 鬢（びん）の白（しろ）きを悲（かな）しみ

衰病（すいへい） 顔（かんばせ）の紅（あか）きを夢（ゆめ）む

鳥（とり）を送（おく）りて 天（てん）盡（つ）くる無（な）く

雲（くも）を看（み）て 道（みちきわま）窮らず

吾（わ）が骨（ほね）の貴（たっと）きを殘存（ざんぞん）し

愼（つつし）んで妄（みだ）りに磨石龍（まろう）する勿（な）かれ

自多事 : 여러 가지 일이 많다
高秋 : 한 가을
顔紅 : 여기서는 젊었을 때의 얼굴
無盡 : 끝이 없다
道 : 이치. 깨달음
不窮 : 구명되지 않는다
磨礱 : 마모하다

감 상

작자가 이즈(伊豆) 지방에서 요양 중 심한 각혈 끝에 기적
적으로 살아남아 쓴 시이다.
여러 가지 세상일에 견디며 살아왔지만 백발만 늘어가고
병약한 몸에게는 홍안의 소싯적이 그립기만 하다.
나이가 들었어도 하늘을 보나 구름을 보나 깨달은 것 하
나 없으니 부끄럽기만 하다. 그러나 모처럼 살아님은 목숨
이니 혹사하여 단축시키지 말고 그저 자적하고 살아가자는
심회를 말하고 있다.

무제

나쯔메 소세키

늙어서 돌아와 고향에 은거하니
고요하고 비좁은 집 마음만은 유유하네
맑은 물 수초에 고기 고이 잠들고
꽃 지고 난 매화가지 새소리 슬퍼라
푸른 하늘 아득한 산 옛 절을 감추고
넓은 들길 멀리 봄 강물 흘러가네
숲도 있고 연못 있어 매일을 즐겁게 하니
부귀 공명 어찌하여 누릴 것이랴

無 題

夏目漱石

老去歸來臥故丘　　로거귀래와고구
蕭然環堵意悠悠　　소연환도의유유
透過藻色魚眠穩　　투과조색어면온

落盡梅花鳥語愁　　낙진매화조어수
空翠山遙藏古寺　　공취산요장고사
平蕪路遠沒春流　　평무로원몰춘류
林塘日日教吾樂　　임당일일교오락
富貴功名曷肯留　　부귀공명갈긍류

읽는 법

無<ruby>題<rt>だい</rt></ruby>
<ruby>無<rt>む</rt></ruby>

<ruby>老去<rt>ろうきょ</rt></ruby> <ruby>歸來<rt>きらい</rt></ruby> <ruby>故丘<rt>こきゅう</rt></ruby>に<ruby>臥<rt>ふ</rt></ruby>す

<ruby>蕭然<rt>しょうぜん</rt></ruby>たる<ruby>環堵<rt>かんと</rt></ruby> <ruby>意<rt>い</rt></ruby><ruby>悠悠<rt>ゆうゆう</rt></ruby>

<ruby>透過<rt>とうか</rt></ruby>せる<ruby>藻色<rt>そうしょく</rt></ruby> <ruby>魚眠穩<rt>ぎょみんおだ</rt></ruby>やかに

<ruby>落<rt>お</rt></ruby>ち<ruby>盡<rt>つ</rt></ruby>くせる<ruby>梅花<rt>ばいか</rt></ruby> <ruby>鳥語<rt>ちょうご</rt></ruby><ruby>愁<rt>うれ</rt></ruby>う

<ruby>空翠<rt>くうすい</rt></ruby> <ruby>山遙<rt>やまはる</rt></ruby>かに<ruby>古寺<rt>こじ</rt></ruby>を<ruby>藏<rt>ぞう</rt></ruby>し

<ruby>平蕪<rt>へいぶ</rt></ruby> <ruby>路遠<rt>みちとお</rt></ruby>く<ruby>春流<rt>しゅんりゅう</rt></ruby>を<ruby>沒<rt>ぼつ</rt></ruby>す

<ruby>林塘<rt>りんとう</rt></ruby> <ruby>日日<rt>にちにち</rt></ruby> <ruby>吾<rt>われ</rt></ruby>をして<ruby>樂<rt>たの</rt></ruby>しましむ

<ruby>富貴功名<rt>ふうきこうめい</rt></ruby> <ruby>曷<rt>なん</rt></ruby>ぞ<ruby>肯<rt>あ</rt></ruby>えて<ruby>留<rt>とど</rt></ruby>まらん

317

老去 : 노경에 접어들다
故丘 : 옛 고향
蕭然 : 고요한 모양
環堵 : 좁고 초라한 집
穩 : 안은하다
空翠 : 온통 녹색으로 덮인 것
藏 : 감추다
平蕪 : 평야
林塘 : 숲과 연못
曷 : 어찌
肯 : 감히

감 상

　　작자가 사망하던 해에 쓴 칠율시(七律詩)로서 이 무렵의
작품은 담담하고 초속적인 경향의것이 많은데 이 시도 그
한 예라고 하겠다. 물도 투명하고 물 따라 투명한 것 같은
수초 근처에서 조용히 자고 있는 물고기라든가 떨어진 매화
를 아쉬워하여 울고 있는 새소리가 우수에 차 있다, 하는
구절은 작자의 심미감각의 기교적 표현이며 숲 연못을 감상
하여 즐거움을 찾는다는 데에 유유자적하는 말년의 심경을
엿볼 수 있다.

日本.의 漢詩

〰〰〰〰〰〰〰〰〰〰〰〰〰〰〰〰〰〰〰〰〰〰〰

일본의 고유 시가는 문자 이전부터 구송으로 전해져 왔지만,
한시는 한자가 일본에 전래된 이후 만들어졌다.

720년에 성립된 『일본서기(日本書紀)』에 의하면 5세기에 백
제국에서 「와니(王仁)」가 일본에 건너올 때 『논어』 10권과
『천자문』을 가져와 조정에 헌상했다는 기록이 있어, 그 무렵
일본에 한자가 전해진 것이 아닌가 생각된다.

그 후 한자의 음과 훈을 이용해서 구송에 의해 전해진 일본의
시가를 기록할 수가 있었다. 그러나 한시는 일본 고유의 시가와는
달리 한시로서의 형식·내용·용어·운자 등의 규칙이 있어 한
자를 안다고 해서 바로 한시제작이 가능한 것은 아니었다.

기록에 의하면 7세기말에 들어서야 한시(현존 10여수)가 제작
되기 시작하였고, 이어 본격적인 한시집이라 할 수있는 『가이후
소(懷風藻)』가 751년에 성립되었다.

『가이후소』는 편자는 미상이나 7세기부터 약 80년간에 걸
친 시120편(저자수 64명)을 수록하고 있다. 『가이후소』의 시 형
식은 칠언시(七言詩)는 일곱 수뿐이고 나머지는 오언시(五言詩)
이며, 평측(平仄)을 지킨 시는 많지 않다. 또한 내용으로 보아 논
어나 노장(老莊)의 어귀가 많기는 하나 작자가 유교사상, 노장사

상, 죽림청담(竹林淸談)사상에 조예가 있는 것은 아니요 문선(文選) 등의 육조시(六朝詩)와 초기 당시(唐詩)를 모방하고 차용했다고 할 수 있다. 그러나 비록 수준은 높지 않으나 일본의 고유시가인 와카(和歌)와는 다른 한시라는 새로운 문체를 제작·시도하였다는 데에『가이후소』의 의의는 크다고 하겠다.

9세기에 들어 견당사에 의해 중국의 문물이 물밀 듯이 들어오면서 일본 고유의 와카는 일시적으로 쇠퇴하고 한풍(漢風)을 찬미하는 소위 한풍구가 시대가 전개되며, 이 기운을 타고 제작된 것이『료운슈(凌雲集)』『분카슈레이슈(文華秀麗集)』『게이코쿠슈(經國集)』같은 일본 최초의 칙찬집(勅撰集)이다.

『료운슈』는 오노노미네모리(小野岑守·778~830), 스가와라 기요키미(菅原淸公·770~842) 등이 사가(嵯峨)천황의 명을 받아 782년부터 814년까지의 한시 90수를 수록하였으며, 참여한 작자는 23명, 성립시기는 814년으로 알려져 있다.

818년에 성립된『분카슈레이슈』는 후지와라 후유쓰구(藤原冬嗣) 등이 편찬하여 진상한 3권의 한시집으로, 선행의『료운슈』에서 누락된 것과『료운슈』이후 4년 동안 제작된 한시 100여수를 수록하고 있다. 작자 26명의 143수의 시가 들어있으며, 『료운슈』의 순서가 관직의 순위에 의한 개인별 배열인데 반해, 부류별로 배열된 특징이 있다.

특히『분카슈레이슈』는 한시에 대한 열기가 가장 높았을 때의 선집일 뿐 아니라, 다른 두 칙찬집이 시문을 경국(經國)의 수단으로 본 데 대하여 시문을 '꽃(華)'으로 비유하고 아름다운 문장을 그 자체로서 평가하는 유미(唯美)적 성격을 갖고 있다.

원래는 20권이었으나 현재 6권밖에 남아 있지 않는『게이코쿠슈』는 요시미네노야스요(良岑安世) 등이 827년에 편찬한 것으로 시문은 나라를 다스린다는 뜻으로 이름이 부여되었으며 8세기부터 성립 당시까지의 시 917수, 부(賦) 17수, 서(序) 51수, 대책(對策) 38수를 수록하고 있다.

3대 칙찬집 이후 견당사 제도의 폐지, 일본의 문자인 가나(假名)의 사용 등에 의하여 다시 와카가 융성하고 한풍이 퇴조함에 따라 한시의 칙찬집 전통은 단절되었으나, 그 후의 괄목할만한 시인으로서 스가와라노 미치자네(菅原道眞·845~903)가 있다.

미치자네는 당대 최고의 학자이자 문장가로서 조부·부·자신 3대의 시문을 수록한 가집(家集)인 『간케분소(管家文草)』를 900년에 편수하였다. 이어 미치자네가 유배지에서 쓴 46수의 한시가 『간케코슈(管家後集)』라는 이름으로 남아있다. 『간케분소』에는 응답시·독음·제화시(題畵詩)·연회 때의 시 등이 많으나 감상적인 것과 체념과 자적(自適)의 심경을 표현한 것이 많다.

한시는 미치자네 이후는 귀족이나 유학자에 의하여 근근히 명맥을 유지할 뿐 와카·렌가(連歌) 등의 일본고유의 시가에 밀려 쇠퇴 일로의 길을 걷게 되며, 이후 14~16세기에 와서야 오산파(五山派)의 선승(禪僧)에 의하여 한문학은 다시 주목을 받게 된다.

오산이란, 무로마치막부(室町幕府)의 관할하에 있는 오산과 십찰(十刹)의 관사(官寺)에 주거하는 복합교단을 총칭하는 것으로, 이들 승려들의 한문에 의한 일종의 선림(禪林)문학에서 한시는 명맥을 굳게 이어갈 수 있었다. 이들의 한시는 불교의 제약이 있었기에 시(詩)라고 하지 않고 게주(偈頌)라고 불렀다.

게주는 대부분 엄숙한 내용의 것이 많았으나, 세속적인 것, 유희를 위한 것도 있어 이후 에도시대(江戸時代)에 광시(狂詩)를 낳게 하는 원류가 되었다.

무로마치 막부의 절대적 비호를 받던 이들 오산의 선승들은 좌선이나 수행보다도 종문(宗門)의 번영이나 사회생활의 안정에 더 관심을 두어 비교적 자유로운 입장에서 한시문 제작에 열중하였기에 한시의 전통 유지에 중요한 위치를 차지하였다.

이들 중 주목할 만한 선승으로 잇큐 소준(一休宗純・1394~1481)이 있다. 잇큐는 게주의 작품집인 『교운슈(狂雲集)』, 한시집인 『교운시(狂雲詩)』, 광시(狂詩)라고 할 수 있는 『지카이슈(自戒集)』 등의 작품집이 있으며, 특히 『지카이슈』는 신랄한 매도, 야유, 표현의 경묘함이 있어 이채를 띠고 있다. 그의 불교에 대한 신앙심과 파계적인 언사는 내적 갈등과 인격적 분열을 내포하고 있는데, 그만큼 그의 문학의 세계는 다채롭고 심화된 경지에 들어갈 수 있었다. 또한 오산의 선승들은 개인의 창작인 한시 이외에 다수가 모여 공동으로 주고받는 렌구(聯句), 렌시(聯詩)도 즐겨 제작하였다.

17세기 에도시대에 들어 도쿠가와(德川)막부의 유학 권장과 더불어 한시는 유학자들 세계에서 다시 융성의 기미를 보이기 시작했다. 그러나 에도시대 초기에는 유학이라는 학문의 그늘에 가려 어디까지나 한적(閑寂)의 심정을 표현하는 한계가 있었고, 시 제작에 대한 의식은 희박하였다. 그러나 오규 소라이(荻生徂徠・1666~1728) 등의 고문사학(古文辭學)의 주장에 따라 한시는 본격적으로 제작의 근거를 갖게 된다. 이들은 고문사 습득의 방법으로서 "문은 진한(秦漢), 시는 성당(盛唐)"이라는 표어를 들었으며, 의고주의(擬古主義)의 입장에서 소라이와 그 문인들은 활발히 시문을 제작하였다.

이들의 작풍은 특히 시의 경우 명(明)의 고문사파와 같이 용례까지도 오직 당시(唐詩)를 기준으로 하였다. 그런데 당시를 모방하는 의고주의는 표현에 치중한 나머지 인간의 자연발로의 서정을 경시하는 경향이 있고 당시의 높은 격조는 일본의 일상적 현실적 정서와는 거리가 있어, 18세기부터는 비고문사파적인 시가 나타나게 되었다. 그 대표적 인물인 야마모토 호쿠잔(山本北山·1752~1812)은, 시에 있어서 중요한 것은 자기의 진정이지 선인의 시구를 모방한 교묘와 허식이 아니라 하여 자아의 각성이라는 관점에서 시를 평가하였다.

이러한 영향을 받아 18세기 후반부터 19세기 중엽까지는 각자가 자기 개성에 맞는 전거(典據)를 찾아 자유롭게 시작(詩作)을 하였기에 다양한 한시가 발표되었다. 즉 이 무렵에 일본 특유의 작풍을 갖는 광시(狂詩)가 발달하였다.

광시는 앞서 언급한 잇큐 소준에서 그 원류를 찾을 수 있는데, 해학과 골계·풍자·기지를 내용으로 하여 서민들에게 웃음을 주는 시의 한 변종이다. 대표적 광시 작가로 쇼크산진(蜀山人)이라는 필명으로 활약한 오타 남포(大田南畝)를 들 수 있다.

이처럼 다양하게 융성했던 에도시대의 한시는 19세기 말부터 대두된 새로운 신체시인 근대 자유시에 흡수되어 독자성을 잃게되었다. 물론 19세기 말기와 20세기초기, 그리고 현재도 한시가 완전히 소멸된 것은 아니다. 에도시대의 전통을 이어받아 19세기 말기에도 유학자, 유신(維新)의 지사(志士)들로부터 20세기 초기의 모리 오가이(森鷗外), 나쓰메 소세키(夏目漱石) 등의 문인에 이르기까지 많은 한시가 제작되기는 하였다. 그러나 한시를 시의 본령으로 주장하는 사람이나 전문적인 한시 작가는 극소수이며 대부분이 애호가에 의한 시작(試作)의 영역을 넘지 않고 있는 것이 일본 한시의 오늘날 현실이다.

韓 · 中 · 日 漢詩100選

제1판 1쇄 발행 2003년 9월 10일

지 은 이 / 한국 이상익 , 중국 이병한 , 일본 이영구
펴 낸 이 / 임 일 웅
펴 낸 곳 / 예 문 당
기　　획 / 유 현 민
편　　집 / 김 세 원
표　　지 / 디 자 인 텔
인　　쇄 / (주) 에이스 인쇄
표지인쇄 / (주) 예 일 정 판
제　　책 / (주) 예 림 제 책
제　　작 / 김 성 찬 · 김 효 민
마 케 팅 / 황 정 규 · 김 용 운

130-800
서울특별시 동대문구 답십리4동 16-4호
☎:(02)2243-4333 · 4334
FAX:(02)2243-4335
E-mail : lforest@korea.com
등록 : 1978.1.3 제5-43호

* 본사는 출판물 윤리 강령을 준수합니다.